《诗探索》创刊40周年纪念丛书
《诗探索》编辑委员会　主编

是什么让海水更蓝
——《诗探索·作品卷》诗歌精选

林　莽　陈　亮　主编

学苑出版社

图书在版编目（CIP）数据

是什么让海水更蓝：《诗探索·作品卷》诗歌精选 / 林莽，陈亮主编 . —北京：学苑出版社，2020.11（2021.9 重印）
（《诗探索》创刊 40 周年纪念丛书）
ISBN 978-7-5077-6051-4

Ⅰ. ①是… Ⅱ. ①林… ②陈… Ⅲ. ①诗集—中国—当代 Ⅳ. ①I227

中国版本图书馆CIP数据核字（2020）第199052号

本书为
首都师范大学内涵发展经费资助成果
教育部人文社会科学重点研究基地首都师范大学中国诗歌研究中心成果

责任编辑：李　耕　徐志琴
出版发行：学苑出版社
社　　址：北京市丰台区南方庄 2 号院 1 号楼
邮政编码：100079
网　　址：www.book001.com
电子信箱：xueyuanpress@163.com
联系电话：010-67601101（营销部）、010-67603091（总编室）
印　刷　厂：北京建宏印刷有限公司
开本尺寸：710mm×1000mm　　1/16
印　　张：20.25
字　　数：300 千字
版　　次：2020 年 11 月第 1 版
印　　次：2021 年 9 月第 2 次印刷
定　　价：98.00 元

总序

我们见证一个时代
——《诗探索》40 年（1980—2020）

谢　冕

昨日已经过去

我们经历了一个漫长的黑夜。月亮是惨白的，星星是灰暗的，无边的暗黑，空漠，萧索，荒芜。就此刻谈论的诗而言，也深陷于这种无边的暗黑之中。这岂止是通常说的"单调"或者"划一"所能概括！那是一个没有文学、没有艺术，当然也没有诗歌的时代。一个漫长得看不到希望的岁月，一批又一批的诗人被迫走上了流放和监禁的囚徒之旅。烹鹤毁琴，绝圣弃典，诗歌也被迫流亡或者禁毁。愚蠢、无知、野蛮代替了高雅和智慧！

黑夜无边，春天遥远，那年有一个极冷的冬天。诗人穆旦长期受摧残的身子，感到了这个冬天的艰难："我爱在淡淡的太阳短命的日子，临窗把喜爱的工作静静做完；才到下午四点，便又冷又昏黄，我将用一杯酒灌溉我的心田。多么快，人生已到严酷的冬天。"[1]这个在民族生死存亡时刻走出西南联大校园，投身于滇缅战场的诗人，曾以青春的声音向我们宣告"因为一个民族已经起来"[2]的歌者，此刻，他感到了彻骨的寒意。

---

[1] 穆旦：《冬》。此诗作于 1976 年 12 月，同时写作的还有《停电之后》。同年 10 月，是"四人帮"覆灭的日子，可惜诗人没能享受胜利的欢欣。

[2] 穆旦：《赞美》。"在耻辱里生活的人民，佝偻的人民，我要以带血的手和你们一一拥抱。因为一个民族已经起来。"此诗作于 1941 年 12 月。

也是这一年,还有一位诗人,他幸运地迎接了团泊洼的凝寒的秋日阳光,但不幸的是,他终于因胜利到来的狂喜而葬身燃烧的火海。他用死亡迎接了他所祈望的秋天,而把一切的新生与希望留给我们。他是来自延安的郭小川。"他以优美的诗歌颂赞过他曾经为之奋斗的新生的社会,后来他又被痛苦地推入深渊。直至那个难忘的秋天的胜利带来了狂喜,他又在那场狂喜到来的时候消失在狂喜的烈焰之中。"[1]

很多人没有回来,他们消失在受难的路上。更多被流放的、蒙难的幸存者,由于金秋十月的召唤,正踏上归来的路途。而一批因失去昨日而热望今天的新诗人,已经迫不及待地喊出了他们反抗的和怀疑的声音:"如果海洋注定要决堤,让所有的苦水注入我心中;如果陆地注定要上升,就让人类重新选择生存的峰顶。"他们宣告:"新的转机和闪闪的星斗,正在缀满没有遮拦的天空。那是五千年的象形文字,那是未来人类凝视的眼睛。"[2]

这些崭新的意象所传达的声音给我们以力量和信心。四点零八分的北京,那场悲哀的、撕心裂肺的离别场面已是过去。中国以坚决的行动结束了一个长达十年的黑暗岁月。正是当年写出那首被迫剥夺了学校和家庭的离别画面的诗人,如今,他正以激情的声音昭告我们:"相信未来。"[3]

站立在今天

以上是我们对中国诗歌曾经的漫长的噩梦所做的简略的叙述:我们曾有并结束了一个长长的肃杀的昨天,我们如今拥有一个崭新的今天。历史曾是如此地沉重,我们同样怀有"时不我待"的紧迫感。此刻我们正面对一个挽救诗歌沦亡的残酷事实——我们需要接续被粗暴隔断的中国诗歌传统;我们要以坚韧的精神维护并坚守诗歌的圣洁与尊严;面对今天的世界,我们要清除加于诗

---

[1] 谢冕:《郭小川的意义》。此文为青海人民出版社 2020 年版《郭小川诗歌精选》代序。
[2] 北岛:《回答》。
[3] 食指:《相信未来》。

歌的侮辱与伤害，并改写中国诗歌与世隔绝的封闭与孤立处境；我们要在开放的窗口与世界对话，并且坚定地支持和开展诗歌在新时代的新的探索。

以上，就是当日我们的境遇。它使我们拥有了沉重的使命意识和自觉精神。一个荒唐的年代：一片喊"杀"和"打倒"声中，博大精深的华夏文明和中国文化传统，文学、艺术以及诗歌，在那些人眼中都成了"封、资、修"，都成了"黑线"。拨乱反正，驱邪扶真，我们要在一片废墟上恢复并建立对诗歌的信心。这就是在1980年那个早春时节充盈我们内心的吁求。我们把昨天留在身后，我们站立在今天。我们不仅要告别昨天的乱局，我们还要认定属于开放年代的新目标。

当年的我们，面对的是受到摧残的诗歌废墟，需要重新确立对诗歌的信心和理想。当年的我们，只能在记忆中想象遥远的唐代的明月，也只能在内心深处怀想和致敬那些现代的和以往的历代诗人，为他们的辛劳创造，也为他们的辉煌的存在与黯然的陨落。我们渴望以行动来表达我们的念想与敬意。

1980年春天，正是民间的三月三、壮族一年一度盛大的诗歌节举办之际。赶着民间节庆的气氛，一个空前的诗歌理论会议在广西南宁召开。会议之所以召开，是由于出现了《今天》杂志，以及出现了以这个刊物为基点的一批新诗创作。这些创作带来了普遍的陌生感和新的启迪，也随之带来了完全不同的价值观和巨大的诗学分歧。当然，从根本上看，它们带来的是中国诗歌的新气象和新生机。这些现象引起诗歌理论界和其他学界的注意。这样，由几所大学和相关研究所、学会共同筹划的全国当代诗歌讨论会就在广西南宁隆重召开。

会议的参加者基本上是来自民间的诗歌研究者、理论批评工作者和大学教师。像这样一个专门讨论诗歌理论批评的大型会议，在中国诗歌史上可能是第一次。我之所以在这里郑重提及南宁会议，是因为它与随后诞生的专门研究诗歌理论批评的刊物《诗探索》有着密切的甚至是直接的关联。或者可以说，南宁会议是催生《诗探索》的前奏，甚至可以说，它是诞生这个刊物的最初的灵感。

沐浴着新时代阳光

南宁会议的议题基本上围绕着对当日出现的"朦胧诗"的评价而展开。两种完全不同的观点进行了尖锐的交锋。这些交锋唤起了人们对诗歌理论研究与建设的警觉与关注。与会者的诸多发言涉及中国的诗歌传统、诗与时代和政治、诗的时代归属与审美本质、诗歌艺术的借鉴与创新等问题。争论涉及的深度和广度均为历年所未见。数日会议之后,诗评家们带着对即将到来的诗歌高潮的预期,兴奋地走向了三月三广西民间歌会,走向了更为广阔的诗歌现场。

从南宁一路行走到桂林,看的是新时代早春蓬勃的生机与活力,谈的是对于复兴与重建中国诗歌的愿望与念想。记得那时我们看望中途因病住院的公刘,带去大家对他的关怀与祝福,更带去众人的会间余兴——由丁力、晓雪、沙鸥等"集体创作"嵌名诗:

> 桂林无晓雪,阳朔有沙鸥。
> 蓝天藏雁翼,病榻念公刘。
> 久闻山水秀,谢冕驾轻舟,
> 北方冰已化,春满漓江头。

虽是游戏笔墨,但也显现当日活跃轻松的友好气氛。我的日记记载,1980年4月25日,当日前往181医院看望公刘的有闻山、刘登翰、孙绍振、张炯、洪子诚、鲁原等。当然更有高洪波,他一直在医院陪护公刘。日记称:"公刘较前大有起色,他有点兴奋,对我们说,我充满了信心。他希望会议的文集有照片作插图,并且决心健康恢复后的第一件工作,是把会上发言整理出来,加入文集。"

带着对未来的期望和祝愿,我们一行登上了北上返京的列车。我的日记继续记载当日的"余绪"。其间触及我们对未来刊物(《诗探索》)的最初想法:1980年4月26日:"车上,研究了《诗歌界》(暂定名),或叫《诗歌研究》的编委人选。高洪波参加了议论。"作为当事者，我返京后的第一件事是着手写作《在新的崛起面前》。这是会上黎丁先生为《光明日报》的约稿。[1]与此同时，就是在北大邀集同人紧张地为即将诞生的《诗探索》做准备。

永远的坚守和探求

《诗探索》创刊于1980年。记得它的创刊号是在这一年的年末，当时我们放下手中所有的工作，全力以赴，要赶着在1980年末之前宣告《诗探索》创刊。因为1980年是一个特殊的年份、一个值得永远记住的年份，在我们的意念中，不管时间多么紧促，不管从组织到筹备、设计、组稿、出版，再到发行，其间有多大的困难，我们认定，这个刊物只能，而且必须在非凡而伟大的1980年创刊。《诗探索》注定只能是1980之子！

1980年，中国诗歌伴随着一阵惊雷，开始了一个新的诞生。这是一个告别过去、迎接未来的新的诗歌时代。"假、大、空"的覆灭，朦胧诗的崛起，幸存者的归来，特殊的遭遇，特殊的经历，为此，我们要留下前行的足迹：向着世界开放的新的艺术手段与方法，中国诗歌的继往开来的伟大复兴，诗歌面临着新的前所未有的挑战。新的主题、新的艺术方式与新的表现手段，这一切，亟须诗歌理论的支持、总结和阐释。这一切，概括起来也就是当年《诗探索》发刊词的一句话：我们需要探索！那是一个反思的年代，那也是一个创新和探索的年代。我们的方针十分明确：站立在时代的潮头，排除一切的阻挠与偏见，即使是一种巨大的压力乃至一时的孤立无援，我们没有退路，唯有韧性地坚持，以坚定的意志、无畏的探索，热烈地支持中国诗歌的新的崛起。

《诗探索》始终没有办公室，开始借用北大中文系的一间会议室"办公"。编稿、看稿、讨论，都在这个房间。约好时间，朋友们从北京的各个角落赶到北大，骑自行车，坐公交，风雨无阻。办完公，没有饭局，各自散去。因为"定居"在北大，倒也沾了些这所学校的"仙气"——不知不觉间，学术独立、

---

[1] 1980年4月28日日记："作《在新的崛起面前》，近三千字。下午，寄《光明日报》。"

思想自由、兼容并包,倒也成了刊物的"精气神儿"。

前面谈到南宁诗会的召开与参会者的民间性质,这种民间性一直延伸并贯穿于《诗探索》的办刊以及它所展开的活动中。为什么是民间?因为它是由几个民间学术团体和单位主持的,主编和编委无须上方指派;所有的编者都是"志愿者",从主编到编辑,没有任何报酬,有时甚至还要"自掏腰包"予以补贴;刊物没有固定经费,所有的费用都要"自筹";更为特殊的是,这样一个纯学术刊物,长达 40 年的办刊历史,居然没有申请到刊号。

《诗探索》的编者无时无刻不在"求人",由于没有刊号,只能用书号出版,求出版社少收点儿出版补贴,一家出版社接着一家出版社,"求"一次,办几期或十几期,再"求",再换一家出版社。岁月过得"有点惨",却也是"人不堪其忧,回也不改其乐"!我作为创刊主编,看到大家为刊物奔波辛苦,有时不免心疼,想,我们已尽力了,我们当然想坚持,要是客观情势不允许,我也可以学徐志摩前辈那样昭告天下:《诗探索》放假!但是这刊物却真是"命硬",几次都是遇到"贵人"搭救,然后"绝处逢生""柳暗花明"!《诗探索》创造了一个奇迹,不拿公家一分钱,不要一个编制,不要刊号,也没有一间办公室,居然坚持到今天,足足 40 年。

而我,已经打好"腹稿"的,而且随时准备发表的《诗探索放假》的文章,却是始终派不上用场!《诗探索》坚持"在岗",坚持站在诗学探索的前沿,为中国现代诗歌的繁荣发展自觉地守望和探求!时间过得真快,不觉 40 年匆匆过去。早先创刊的"元老"们约定,只要健康和精力许可,依然坚持他们的"义务劳动",做《诗探索》忠实的永远的"志愿者"。

我们见证一个时代

亲爱的《诗探索》同人是我们同甘苦、共患难的朋友。我们有幸共同走过,有幸一起聚过、奋斗过,我们快乐过也痛苦过。我们有幸共同见证了诗歌复兴的新时代,我们共同见证了一个伟大的繁荣的时代。

请允许我在这文章的最后表达我对朋友的"不忘",我的敬意和感谢。

深情缅怀——我们的好友,为《诗探索》的出版、编辑作出过贡献的钟文、刘士杰。

深情感谢——在不同时期为《诗探索》的出版作出过贡献,让《诗探索》转危为安的"贵人":张炯、洪子诚、白烨、张仃、石虎、于炼、郭栋、臧博平、张洪波、刘鸿、潘洗尘、庞俭克、赵敏俐、徐伟、苏历铭、邹进。

深情感谢——《诗探索》的编辑队伍:杨匡汉、吴思敬、林莽、王光明、刘福春、陈旭光、张桃洲、王士强、徐丽松、陈亮、谈雅丽。

深情感谢——《诗探索》的出版单位:四川人民出版社、中国社会科学出版社、首都师范大学出版社、天津社会科学院出版社、时代文艺出版社、九州出版社、漓江出版社、作家出版社。

2020 年 7 月 1 日于北京大学

目录

001　在偶然的瞬间攀上了山峦的顶峰（代序）/ 林　莽

001　天山北麓一场豪雨 / 北　野
002　石榴花开了 / 丁　立
003　车过知青点旧址 / 空　空
005　野草湾 / 李　南
006　远　秋 / 尤克利
007　干草车 / 大　解
009　秋天深了 / 叶丽隽
010　白羊渡 / 张新泉
012　起风了 / 娜　夜
013　白菊花 / 吴乙一
015　路　遇 / 孙晓杰
016　在希尔顿酒店大堂里喝茶 / 苏历铭
017　秋日郊外散步 / 陈　超
019　归　来 / 沈　苇
021　存文学讲的故事 / 雷平阳
023　无　限 / 杜　涯

025	批发市场上空的月亮	/ 邰 筐
027	一台旧唱机	/ 阳 飏
028	圣洁的一面	/ 宇 向
029	桃花盛开	/ 郁 葱
030	怀念	/ 熊 焱
031	时光	/ 尹丽川
032	故乡	/ 叶玉琳
034	小火轮	/ 子 川
035	木梳	/ 路 也
036	我把一粒泥土带进了城市里	/ 白庆国
037	秋天的画布	/ 林 莉
038	黄昏：一个人经过黑渠口崾岘	/ 郭晓琦
039	汇款单上一个幸福的名字	/ 老 铁
040	两只刺猬	/ 江一郎
042	墓志铭	
	——翻页	/ 君 儿
043	水中的一棵芦苇	/ 潘志光
044	好山色	
	——忆《张苍水就义图》	/ 张红兵
045	一九七六年的一枚伍分硬币	/ 晓 弦
046	深夜，大风中的一听空罐头筒	/ 高建刚
047	江汉平原	/ 田 禾
048	雏菊花开的时候	/ 川 美
049	哥哥	/ 玉上烟
050	田野里还剩下最后一个人	/ 陈 亮
051	尘世	/ 晴朗李寒
052	那一年夏天	/ 靳晓静

054	青草湖边的木屋 / 刘　年
056	南风过境 / 冯　娜
057	马嚼夜草的声音 / 北　野
058	伪　证 / 侯　马
059	海魂衫 / 胡续冬
060	冬末，我去做一件重要的事情 / 姜宇清
061	采石场北面的大海 / 简　人
062	锦书之一：立春 / 潘　维
064	我们不说爱已经很久了 / 王　妃
065	暮　归 / 刘高贵
066	那五·清朝的月亮已经亡了 / 朵　渔
067	碰还是不碰 / 君　儿
068	只有大海苍茫如幕 / 于　坚
069	春　天 / 大　解
070	灰姑娘 / 叶丽隽
071	金星下 / 扶　桑
072	我看见我还站在那里 / 杨　方
073	滋　味 / 柳　沄
075	如来八塔和十二美少女 / 阿　信
077	记一个冬天 / 胡　弦
078	在华沙，与胡佩方女士交谈 / 雷平阳
080	单身女人 / 臧海英
081	1979年的秋天空空荡荡 / 龙红年
082	顺　从 / 王志国
083	纸飞机 / 陈丽伟
085	红　尘 / 武强华
086	葵园黄昏 / 雨　兰

088　　火　红　/ 赵　青
090　　我爱这庸常的诗意　/ 张巧慧
091　　静夜思　/ 张二棍
092　　室韦的夏天　/ 津　渡
093　　一九九三年，诸城之忆　/ 黄　浩
094　　是凉薯，也是番葛　/ 敬丹樱
095　　偷得浮生半日闲　/ 荫丽娟
096　　安　慰　/ 马　非
097　　腾冲的月亮挨过来　/ 王小妮
098　　桑多河：四季　/ 扎西才让
099　　如数家珍　/ 牛庆国
100　　两代人的爱情　/ 文　西
101　　杏　树　/ 冯　娜
102　　大风歌　/ 刘　年
103　　月　光　/ 刘　春
104　　我们怎么了　/ 刘海星
105　　午休时间的海　/ 江红霞
106　　最后一击　/ 汤养宗
107　　致我们已然逝去的青春　/ 巫　昂
108　　如果一首诗里出现了车祸　/ 轩辕轼轲
109　　诗有时是小麦有时不是　/ 沈浩波
111　　要对得起诗　/ 张洪波
113　　照镜子
　　　　——中年的自画像　/ 阿　民
114　　空　/ 陈　亮
115　　一切都可能改变　/ 林　莽
117　　这首诗写给母亲　/ 非　亚

118	挽歌：生死别	
	——给亡弟 / 胡　澄	
120	再次谈到大凌河 / 柳　沄	
122	想兰州 / 娜　夜	
123	峁上的树 / 高若虹	
124	喂虎记 / 唐　力	
126	在燕山上数星星 / 韩文戈	
127	怀孕的农妇 / 韩宗宝	
129	星　空 / 蓝　野	
131	我还是说出了…… / 代　薇	
132	熬镜子 / 西　娃	
134	轨　道 / 朵　渔	
135	管管十八岁 / 龙　泉	
137	同床共眠 / 刘立云	
139	在精神病院 / 江一郎	
140	惠福早茶 / 苏历铭	
141	手持灯盏的人 / 余秀华	
142	我的车位前曾有一棵樱花树 / 林　莽	
144	人民广场的樱花又开了 / 高　文	
145	玉门关 / 王　琰	
146	人生之惑	
	——送儿子去印度求学 / 王子文	
147	那天我们行驶在乐安路上 / 平　庵	
148	悲　伤 / 李克利	
149	一棵蓝色的树 / 邹　进	
151	木底秦水库 / 鲁若迪基	
152	在微山 / 方石英	

153	枯　枝　/ 布　衣
154	地心的蛙鸣　/ 老　井
155	猫　/ 小　西
156	我的学生　/ 王单单
157	想起父亲　/ 扎拉里·琴
158	该怎样跟大字不识几个的母亲说荡漾　/ 东　篱
159	养蜂车　/ 刘　年
160	避雷针　/ 刘泽球
162	走山路，有了初潮　/ 余修霞
164	我不忍去看秋天的火车　/ 秀　枝
165	山　冈　/ 林　莉
166	不安之诗　/ 武强华
167	清晨的散步　/ 赵亚东
168	夙　愿　/ 祝立根
169	追　忆　/ 侯存丰
170	我欢快地哼起了歌儿　/ 徐　晓
171	不可避免的生活　/ 黄沙子
172	两个普通大兵的瞬间　/ 韩文戈
173	旧　事　/ 潞　潞
174	最后一点活　/ 梁久明
175	交　换　/ 崔宝珠
176	松拜的新娘　/ 王　晖
178	迎春花开了的时候　/ 刘成爱
179	我是被时间磨损的废品　/ 那　萨
180	黄　花　/ 李　庄
181	滚烫之日　/ 张雁超
182	一串珠子散落之后　/ 陈小虾

183	白鹭赋	/ 邰 筐
185	那些笨槐花	/ 幽 燕
186	盛满月光的院子	/ 梁久明
187	傍晚经过你的城市	/ 熊 焱
188	在冶勒湖	/ 马 嘶
189	苹果树	/ 杨 方
191	如 初	/ 李阿龙
192	古松，古柏	/ 武兆强
193	野 岭	/ 周 簌
194	画手表	/ 大 解
195	卖 针	/ 小 西
196	告 别	/ 王家新
198	记忆：糖	/ 牛庆国
200	荆轲塔是件冷兵器	/ 石英杰
201	夜雨寄南	/ 东 涯
202	离别轻一点好	/ 代 薇
203	蝴蝶消失	/ 玉 珍
204	我和你的样子 ——给女儿	/ 灯 灯
205	给妹妹	/ 安 琪
206	悲 欣	/ 余笑忠
207	甜	/ 余秀华
208	迷 途	/ 孙方杰
209	蚂 蚁	/ 羽微微
210	太阳重新升起	/ 张执浩
211	戒备之心	/ 陆辉艳
212	风雪：美仁草原	/ 阿 信

213	祠　堂 / 林　珊
214	家　人 / 侯　马
215	春　忆 / 侯存丰
216	群山里的灯 / 俞昌雄
217	青野之乡 / 谈雅丽
218	倘若喜欢 / 桑　眉
220	藏　剑 / 商　震
221	偷生记 / 臧海英
222	摸天空 / 江一苇
223	是什么让海水更蓝 / 冯　娜
224	我对他们爱 / 吉　尔
225	青梅花 / 敬丹樱
226	只想投奔爱情 / 金小杰
227	婴儿与乳房 / 康　雪
228	用声音打一个银器 / 刘　翔
229	六月的鼹鼠 / 刘立云
231	擦星星的人 / 麦　豆
232	一个女警朝这里走来了 / 潘新安
233	野孩子的春天 / 管清志
234	雨　水 / 吴梅英
235	黑　陶 / 谢　虹
236	裸　春 / 叶丽隽
237	叶　子 / 闫秀娟
239	哨　兵
	——历史残片之六 / 扎西才让
240	低　飞 / 张　毅
242	离开时，我忘记了关闭这首单曲 / 张静雯

243	看到第几条你哭了	阿　华
244	在吾乡，雨是寻常事	安　琪
245	有时不是我在写诗	白　玛
246	我把爱情用完了	川　美
247	时间上的螺丝	高建刚
248	冷西之夜	高鹏程
249	胡杨树下	胡　杨
250	糖　街	黑　枣
252	主控楼	龙小龙
253	侧身而过	老　井
254	偶遇南京	李　南
255	皇山送别	李　琦
257	一群狮子在仰望星空	雷平阳
259	秋天的栗树林	路　也
260	湛蓝的天空	孟醒石
261	希望他渡过厄难	潘洗尘
262	我喜欢看你入睡	荣　荣
263	指　纹	王二冬
264	与女儿书	吴开展
265	圣　物	张二棍
266	群山怎样隐没在星群之中	赵亚东
267	哥特兰岛的黄昏	蓝　蓝
269	邻　居	崔宝珠
270	北　方	马　累
271	蒋乌家的梅花鹿	康　雪
273	小营门42号	邓朝晖
275	凌晨三点的歌谣	邰　筐

277　冈什卡雪山 / 夕　夏
278　味　气 / 闫秀娟
280　母亲，或者遗物 / 林东林
281　坏小孩 / 薛依依
282　月光碎 / 邵纯生
283　散　漫 / 颜梅玖
284　天暗下来 / 熊　曼
285　钓　鱼
　　　——给卡佛 / 舒丹丹
287　夜是一匹幽蓝的马 / 谈雅丽
288　槐花 / 离　离
289　松诺的困惑 / 阿　华
291　外省亲戚 / 灯　灯
292　悖　论 / 吉　尔
293　时　光 / 冉启成
294　去月亮度假 / 李田田
295　秋　阳 / 剑　男
296　飞过天空的鸟 / 金铃子

297　后　记

在偶然的瞬间攀上了山峦的顶峰（代序）

林 莽

一

一位青年诗友问我：为什么1980年代诗人深受大家的热爱和敬重，在那之后，诗人突然变成了大家取笑的对象，甚至有些电影和电视剧里的诗人成了被嘲笑的反面人物？许多写诗的人，那时都不愿意被人当众说自己是诗人。

这的确是20世纪末一个很复杂而有意味的社会文化现象。如果简单地回答，我以为是这样的：1980年代，那是中国改革开放后文学最活跃的年代，那时的诗歌走在了众多艺术的前面，诗歌最先发出了人们心灵深处的声音，加之人们对中国宏大诗歌文化传统的敬仰，因而诗人受到了社会各界的信赖与敬重。而后，诗歌的热潮空前涌动，引来了众多的爱好者和参与者，"朦胧诗"的兴起为中国新诗注入了一股现代主义之风。诗风是否现代成为当时判断一个诗人的标准。但是，现代主义不只是一个简单的名词，也不只是一个简单的文学概念，它对一个写作者的文化意识和写作方式有着更高的要求。我们知道，任何一个社会潮流，总会有许多的随波逐流者混迹其中。于是，中国诗坛上出现了一大批装腔作势的"诗人"、不懂装懂的"批评家"和唯现代是论的"编辑"。他们的合力，他们的以其昏昏使人昭昭，推出来一大批文化垃圾，他们让许多人开始疑惑什么是"现代主义诗歌"，他们迷惑了一批人，吓跑了一批人，倒了许多真心热爱诗歌者的胃口。原本就缺乏基本诗歌教育，从20世纪五六十年代的社会主义现实主义和浪漫主义影响中走过来的社会大众，对现代主义诗歌本来就存有审美的隔阂，面对那些似是而非的诗歌作品，于是更敬而远之。反过来说，那些假大空的所谓现代主义诗歌，那些口水化的所谓先锋作品，那些为了现代而现代的各种名头的主义和流派，一时间甚嚣尘上。诗坛的混杂使中国新诗无法再站在中国文化的最前列，某些急功近利者在浮躁的社会形态下，用自己荒唐的艺术行为，将自己沦为了社会的"小丑"。这些历史的经历还未走远，我们还依稀记得它们的许多笑柄，比如那些被一些媒体过分渲染或有意无意扭曲和放大了的"梨花体""垃圾诗人""脑残诗人""废话诗人"等等。当然还有那些看似现代，实则是移植了一些表层词语与形式的诗歌，它们其实同绘画界某些先锋剽窃者或模仿者的所谓现代艺术作品没有什么区别，都是那个时期的社会产物。

但中国优秀的诗人并没有消失，许多真正有追求的诗人依旧在潜心造句，他们以自己真挚的心灵和训练有素的创作实践着自己的艺术主张，他们的作品已经汇入了中国百年新诗优秀作品的行列，他们已经或者迟早会被人们发现与认同。

中国百年新诗，已经具有了一大批优秀的诗人和可以称为经典的优秀之作。只是因为我们多年来诗歌教育的滞后，许多很好的诗歌作品和诗人没有得到很好的传播和认知。许多读者的诗歌意识同样还是滞后的。一些乱象也没有得到必要的批评和遏制，我们文化界的一大批人甚至对一些最基本的什么是现代主义诗歌缺乏应有的认知。

因为我们改革开放前与世界的多年隔绝，现代主义在 1980 年代的中国的确是个新事物，对那些几乎一夜之间涌入的新学术、新观念，许多人持认真的、谨慎的学习态度。而我们一些荒唐的激进者，用一知半解、招摇过市的方式，为了获得及时的声誉，一些同样急功近利的假学者，用他们完全不在行的话，进行武断的否定与品评。一时间，中国诗坛真的成了笑话百出的名利场。

我认识的一些有一定品位的文化人，在那个时期，谈到现代诗歌，也大多采用了一种敬而远之的谨慎心态。这种心态下，一些人不再阅读诗歌，谈起诗歌表面上还是一片钟情与敬重，实际上是心存芥蒂。中国新诗经过了 1990 年代的相对沉寂期，自 21 世纪以来，随着网络的普及和自媒体的发展，开始了一个新纪元：诗坛相对边缘化，一大批赶时髦的随波逐流者退出了江湖，一些不同层次的群体在网络上完成了自足的内循环，各得其所，获得了心理满足。诗坛混乱的争执减少了，一批新的优秀的诗人开始崭露头角，一些与生活、与文化经验相衔接的作品占据了写作的主流。以《诗探索》1998年组织召开的先锋诗歌内部美学之争的"盘峰诗会"时间画线，中国新诗进入了一个新的发展期。

二

为扩展《诗探索》的研究方向、加强与新诗一线诗人的连接，《诗探索》作品卷于2005年开始创办，到现在已经历时15年。因为了解中国诗坛的现状，《诗探索》作品卷无论是对诗的研究还是发表的原创作品，都有着明确的学术方向。

谢冕先生在2005年第1辑的《〈诗探索〉改版弁言》中说：

《诗探索》作为理论批评的专业刊物，它的对象是诗人及其作品，但它的立足点和最后的旨归仍然是对创作现象的抽象的归纳和概括。尽管我们过去曾经通过介绍诗人的工作或解读作品等方式，力图建立起理论和创作之间的桥梁，但由于毕竟不是直接的作品展示，这使我们往往有力所不能及的遗憾。正是基于此种认识，改版的《诗探索》准备直接介入诗人的创作及其作品的展示，这是一种大胆而充满风险的举措。以理论卷配套作品卷的方式出版，我们面临的难题是，作为以探索为宗旨的而且是由学术机构主持的连续出版物登载的作品，如何与一般诗刊和诗选刊有所区别？

作品卷需要给自己定位，首先必须是要"与众不同"……这是前提。不仅是要和已有的和将有的诗刊予以区别，而且还必须体现他人不可代替的独特作用与价值。首先是必须遴选在思想内涵和艺术方式上体现明显的创新精神的作品。它应让人耳目一新，必须给人以启示，并被记忆所保留。《诗探索》作品卷不发表平庸的作品。它不炫奇，更不浅薄地"追新"，却始终支持勇敢而大胆的创新。它有极大的包容性，包容有价值的、有创意的、"正统"的和"另类"的，也包括新、奇、怪在内的一切佳作。

《诗探索》是学人编选的出版物，从理论的、学术的、诗歌史的角度审视和进入诗人及其创作，这就使它拥有了一个独特的、宽广的，甚至可能是久远的视野和准绳。这也就为我们确立的"与众不同"的方针提供了一种保证。

谢冕老师说的是何等的好啊！十几年来，我们就是遵循着这一指导思想，编辑《诗探索》作品卷的。我们的这本诗歌精选集也恰恰体现了谢先生的这些意见与原则。从这本诗歌精选集中，读者也能看到我们所坚守的艺术原则和提倡的诗歌审美风格。

三

近二百名诗人的二百多首诗歌作品，体现了多种写作风格，写出了世间百态，记录了一个时期的多个侧面的人的情感以及诗人对这个世界的认知。虽然这些诗人写作风格不尽相同，甚至他们的诗歌理念也有很大的差异，但他们的诗歌的确有着一些基本的共同点——体现了当下诗歌的审美取向与创作形态。

艺术是有意味的形式，是个人生命经验和人类文化经验的综合呈现。一件艺术品是否散发着某种潜在的，与人的情感、思绪、意念、意识相关的韵味，是问题的关键。诗是语言和情感的艺术，从中国古典诗歌的风、雅、颂，到现在的多种流派与主义，表现手法可以不同，但一个诗人、一个艺术家离不开他生活与生命中的真切体验和后天的学习而积累的古往今来的文化经验，缺少不了情有独钟的、恰到好处的情感呈现与诗意表达。只有表层的想法和简单的社会意识，还不是一首成功的诗歌作品。

我们这本诗选中的作品都具有如下特点：

叙事——深入准确的细节和微妙体验的各种形态的"叙事"，构成了一首诗潜在的文化背景，诗在这一基础上生成。

抒情——诗不是哲学与方法论的，它的核心是有意味的抒情，无论浪漫主义还是现代主义，即使最冷静的现代作品，潜在中必然有情感的流动。

经验——人生经验和文化经验的综合融汇，构成了诗歌的主体，它给有共同经验者以审美的愉悦。艺术因共同经验而流传千古。

语言——诗是语言的艺术，诗人的语言天分和对写作技艺的要求决定了一个诗人的成色。语言的清晰、新颖、内在、外延、闪光、空灵、临界感、音乐性构成了一首诗的基本品质。

一首优秀的诗歌不是简单感知的，不是说教的。它首先是情感所致，是写给内心的，然后才是他人的、社会的、文化与历史的。

我们借用诗人冯娜一首诗的题目《是什么让海水更蓝》作为书名，是想说，是诗人们真挚的心灵和不断的努力，是更多优秀诗歌的加入，让我们诗歌的海洋更具魅力。诗歌不是喧嚣与躁动的产物，现代诗歌更不是纵情与利欲的产物。诗人们只有敬重历史与文化，只有静心以求，或许有一天，我们会在偶然的瞬间攀上了山峦的顶峰。

2020 年 7 月 25 日

天山北麓一场豪雨

北　野

一夜豪雨
山洪翻过河床和大石头　汹涌而下
带着喜讯和破坏的力量

油菜花旁的养蜂人
钻出漏雨的帐篷　察看彩虹
用树枝抽打浸水的蜂箱

玛纳斯平原的每一条道路都闪着水光
戈壁上的防渗渠　刀口一样
灌满了大地的血浆

草丛中的一只旱獭踮起脚尖向四处眺望
啊！山枣花的香气和蜜糖
已被雨水冲到了远方

石榴花开了

丁　立

我要为你梳妆
挽高高的唐髻
让你记住每一个阴柔的女子
古典仍是她的锋芒

节日一般　我环绕着你的手
采摘的动作
真像耳背的情人
宁愿保留对世界更大的无知

石榴花开了　好日子
但愿我能布衣荆裙
不动声色地裹走什么
但愿我的秋天只是一颗　为小小的幸福
而透不过气来的酸酸的石榴

我是盛唐的女人　发髻盘得高高的
长安的落日　拢得低低的
正如被时间淡忘的一本本史书
丰腴　仍是我
楔入现实的唯一的　美啊

车过知青点旧址

空 空

隔着车窗,我看见过去的
知青点——一座灰色的旧楼房
在秋天冷清的暮色中,在二十世纪
渐渐远去的博大而辉煌的背景中
像一个独立的事件

那些年代,许多年轻的热血
从城市的街道洒向乡村的田野
在大有作为的广阔天地,知识被粪土
压得抬不起头来,而狂躁的灵魂
像一张张黑白的照片,被至高无上的
理想和真理,不动声色地划烂了边……

那些年代,《红河谷》和《三套车》
支撑着乡村锅底般漆黑而寂寥的
夜晚。而保尔·柯察金和冬妮娅美好的
俄罗斯式的青春与爱情,是如此
易碎,短暂,就像那些风雪弥漫的
"钢铁"的文字,显得那么的迷茫,遥远
只有如诉如泣的口琴声
在旷野的风中忧郁地飘散……

隔着岁月,我看见

一张张似曾相识的面孔
正艰难地越过历史的横断面——
他们距我并不遥远！因为我的大哥
曾是他们中的一员，在城市拥挤的
人群中，他们随处可见

野草湾

李　南

暮色来得多快　转眼间
看不清家的方向
蒿草盲目地跟在
稗草后边

白天的神龛
只剩下漆黑一片
点灯　闩门
换衣的妇女
她需要稍稍侧过身去

我看见过正午的野草湾
它喝天上的雨露
被远方的汽车
无限缩小

野草湾　信任菩萨
是个苦命的
村庄　它从不说话
只在狂风刮过地面后
挣扎了一下

远 秋

尤克利

徐州的桐叶黄了
这个季节的风,不会将这些信笺
寄到我想念的地方去
鸿雁传声,说故乡那边
夜夜凝霜。我知道最先打湿的
依然是黄昏里母亲的头巾

札幌的枫叶红了。那年
母亲给我寄去毛衣时
北海道的初雪,就像
鸟儿纷纷脱掉羽毛;阿嚏——
正是那场雪呵
让远方的母亲,重重地
感冒了一场

干草车

大　解

沿河谷而下　马车在乌云下变小
大雨到来之前已有风　把土地打扫一遍
收割后的田野禁不住吹拂
几棵柳树展开枝条像是要起飞
而干草车似乎太沉　被土地牢牢吸引

三匹黑马　也许是四匹
在河谷里拉着一辆干草车
那不是什么贵重的草
不值得大雨动怒
由北向南追逼而来

大雨追逼而来　马车夫
扶着车辕奔跑　风鼓着他的衣衫
像泼妇纠缠着他的身体
早年曾有闷雷摔倒在河谷
它不会善罢甘休　它肯定要报复

农民懂得躲藏
但在空荡的河谷里　马车无处藏身
三匹或四匹黑马裸露在天空下
正用它们的蹄子奔跑　在风中扬起尘土

乌云越压越低　雷声由远而近
孤伶笨重的干草车在河谷里蠕动
人们帮不了它　人们离它太远
而大雨就在车后追赶　大雨呈白色
在晚秋　在黄昏以前
这样的雨并不多见

秋天深了

叶丽隽

我早早地套上了毛衣
骑车到外面,尽量避开
两旁事物投下的阴影
洗澡的时候,我拉紧双层的浴帘
我在厨房做饭
把紧挨着山岩的窗户关上了
可还是有毛虫和蚯蚓
掉了进来。好像
它们也怕秋天,秋天
深了。有那么一刻我爬上屋后的山顶
整个地,藏身于暖阳之中——
而林子呜咽着,落叶,正一点一点
掉进我的身体……我知道
躲不过的,是即将来临的冬天,是雪

白羊渡

张新泉

没有谁知道它们
为什么要到对岸去
大约七八只羊,白羊
依次登上一条小船
默默而规矩
渡工耐心等候
仿佛这七八只羊,是他的
七八位亲戚

离岸时,船晃了一晃
一船的白羊,朝中间挤了挤
渡工划桨,羊们肃立
风吹羊毛,风吹羊脸
从二郎山谷口赶来的风
温煦地表达着问候和亲昵

现在这条船已在江心了
夹岸的青山,满河的浓绿
以及头上灰蒙蒙的云影
都在消隐着、同化着这条船
除了起落的木桨,它已悄无声息

但羊们坚持着白,坚持着

要白到对岸去
这种坚持以缄默为表征
以雕塑般的站姿为依据
船过处,每一层水波都被照亮
从干干净净的羊眼里,看得见
圣子般的游鱼……

羊啊,是不是每一只你们
都有一个"对岸"?
是不是每一次渡河
都有一束最高的青草
在等你?

起风了

娜　夜

起风了　我爱你　芦苇
野茫茫的一片
顺着风

在这遥远的地方　不需要
思想
只需要芦苇
顺着风

野茫茫的一片
像我们的爱　没有内容

白菊花

吴乙一

姐夫蜷缩在椅子里。刚做完透析
三十五岁，显得散漫、虚弱
他试图撩开额头上方的秋阳
好让目光，直接穿过栅栏
落在女儿回家的身上

这个季节，许多事物争先恐后地到来
比如围墙上如火如荼的迎春花
比如1723的尿毒素。比如
萎缩成两个空火柴盒子的肾
还有一茬茬的菊花，灿烂如雪

爱看《家庭》的姐姐
手脚迟缓地采摘菊花。她对我说：
把菊花晒干了
我做个枕头送给你，治你的失眠

院子里，只有一群鸡在走动
我手中的DV开始颤抖
像一个月前，姐夫及其亲人的
颤抖，抱在一起，无所顾忌

姐夫说，你快点把它们摘完吧

等会儿我就将它们全部拔掉
你们瞧,全都是白色的——
像花圈的菊花。预兆多不好啊
"明年我要种红菊花,大红的"

"咣"的一声,我七岁的外甥女
推开栅栏。她放学归来了,一脸笑容

路 遇

孙晓杰

在一个山核桃的坳眼里,一位佝偻的
老妇人,像一朵死去的蒲公英
土塬蜕脱的皮,刮到了她的脸上
知情人说,她是西路军的一个女兵
掉队了,就落户在这个山村……
我握了握老人的手,糙得像一只草鞋

回来时经过一座道桥收费站,乱飞的蜜蜂
四处窜射。这些被蜂箱抛落的孩子
急切、慌张,嗡嗡的叫喊、哭泣
离开花朵,离开蜜,它们像一群早产的苍蝇

我的心变成第六个档位,我的恐惧加深
快!快!前方一场车祸,让撞损的时间
在我的目光里缠满了绷带

在希尔顿酒店大堂里喝茶

苏历铭

富丽堂皇地塌陷于沙发里,在温暖的灯光照耀下
等候约我的人坐在对面

谁约我的已不重要,商道上的规矩就是倾听
若无其事,不经意时出手,然后在既定的旅途上结伴而行
短暂的感动,分别时不要成为仇人

不认识的人就像是落叶
纷飞于你的左右,却不会进入你的心底
记忆的抽屉里装满美好的名字
在现在,有谁是我肝胆相照的兄弟?

三流钢琴师的黑白键盘
演奏着怀旧老歌,让我蓦然想起激情的年代里那些久远的面孔
偶然见着酷似少年时代暗恋的人
没有任何心动的感觉,甚至不去确认
这个时代,爱情已变得简单
宝马车门关闭的时候,折断了多少妙龄少女的玉腿

每次离开时,我总要去趟卫生间
一晚上的茶水在纯白的马桶里旋转下落
然后冲水,在水声里我穿越酒店的大堂
把与我无关的事情,重新关在金碧辉煌的盒子里

秋日郊外散步

陈　超

京深高速公路的护栏加深了草场
暮色中我们散步在郊外干涸的河床
你散开洗过的秀发
谈起孩子病情好转
夕阳闪烁的金点将我的悒郁镀亮

秋天深了
柳条转黄是那么匆忙
凤仙花和草钩子也发出干燥的金光
雾幔安详缭绕徐徐合上四野
大自然的筵宴依依惜别地收场

西西，我们的心苍老得多么快，多么快
疲倦和岑寂道着珍重近年已频频叩访
十八年我们习惯了数不清的争辩与和解
是呵
有一道暗影就伴随一道光芒

你瞧，在离河岸二百米的棕色缓丘上
乡村墓群又将一对对辛劳的农人夫妇合葬
可就记得十年之前的夏日
那儿曾是我们游泳后晾衣的地方

携手漫游的青春已隔在岁月的那一旁
翻开旧相册
我们依旧结伴倚窗
不容易的人生像河床荒凉又发热的沙土路
在上帝的疏忽里也有上帝的慈祥

归 来

沈 苇

走在冻得发硬的雪地上
我牵着女儿的小手
从幼儿园带她回家
绒帽下她的小脸蛋冻得通红
鞋底发出咔嚓咔嚓的声响
我的沉闷,她的清脆
呼应着,像在对话
有人碰了碰我们的身体,走远了
女儿忽然摇摇我,开口说
"我们班毛毛的爷爷死了"
"病的吧?"
"不是,是太老了
她奶奶也很老了
毛毛喂她饭她也不吃……"
我攥紧她的小手
似乎怕她丢了
天暗了下来
街上更多的人碰到我们的身体
在冻得发硬的雪地上滑翔
仿佛安上了看不见的翅膀
女儿突然停下来,认真地说
"爸爸,我不想长大了!"
"为什么?"

"我长大了,您就老了
然后就……"
我紧紧抓住她的小手
发现她也将我抓得很紧
由于小脑袋努力地思考
手掌心冒着细汗,像是一块暖玉
我摸摸她的小脸蛋,拉过她
带着她,走得快了些

存文学讲的故事

雷平阳

张天寿，一个乡下放映员
他养了只八哥。在夜晚人声鼎沸的
哈尼族山寨，只要影片一停
八哥就会对着扩音器
喊上一声："莫乱，换片啦！"
张天寿和他的八哥
走遍了莽莽苍苍的哀牢山
八哥总在前面飞，碰到人，就说：
"今晚放电影，张天寿来啦！"
有时，山上雾大，八哥撞到树上
"边边，"张天寿就会在后面
喊着八哥的名字说，"雾大，慢点飞。"
八哥对影片的名字倒背如流
边飞边喊《地道战》《红灯记》
《沙家浜》……似人非人的口音
顺着山脊，传得很远。主仆俩
也借此在阴冷的山中，为自己壮胆
有一天，走在八哥后面的张天寿
一脚踏空，与放映机一起
落入了万丈深渊，他在空中
大叫边边，可八哥一声也没听见
先期到达哈尼寨的八哥
在村口等了很久，一直没见到张天寿

只好往回飞。大雾缝合了窟窿
山谷严密得大风也难横穿……
之后的很多年，哈尼山的小道上
一直有一只八哥在飞去飞来
它总是逢人就问："你可见到张天寿？"
问一个死人的下落，一些人
不寒而栗，一些人向它眨白眼

无　限

杜　涯

我曾经去过一些地方
我见过青螺一样的岛屿
东海上如同银色玻璃的月光，后来我
看到大海在正午的阳光下茫茫流淌
我曾走在春暮的豫西山中，山民磨镰、浇麦
蹲在门前，端着海碗，傻傻地望我
我看到油桐花在他们的庭院中
在山坡上正静静飘落
在秦岭，我看到无名的花开了
又落了。我站在繁花下，想它们
一定是为着什么事情
才来到这寂寞人间
我也曾走在数条江河边，两岸村落林立
人们种植，收割，吃饭，生病，老去
河水流去了，他们留下来，做梦，叹息
后来我去到了高原，看到了永不化的雪峰
原始森林在不远处绵延、沉默
我感到心中的泪水开始滴落
那一天我坐在雪峰下，望着天空湛蓝
不知道为什么会去到遥远的雪山
就像以往的岁月中不知道为什么
会去到其他地方
我记得有一年我坐在太行山上

晚风起了,夕阳开始沉落
连绵的群山在薄霭中渐渐隐去
我看到了西天闪耀的星光,接着在我头顶
满天的无边的繁星开始永恒闪烁

批发市场上空的月亮

邰 筐

月亮不知什么时候
出来了
一副悲伤模样
现在,它正从解放路旁
小丽按摩房的顶上
一点点地,向
小商品批发市场的上空
移动
它病了吗?
怎么比我还沮丧

这是城里的月亮
批发市场上空的月亮
刚从按摩房里
洗了面的月亮
一团眩晕
散发出
烂苹果的光芒
有点暧昧,有点脏

它照着我
把悲伤给了我
也照着在市场里

看大门的父亲
更多的
则均匀地洒在
每个店铺的卷帘门上

那只狗除外
那只狗躲在阴影里
朝着月亮汪汪了几声
每一声里的快乐
都像月光一样多
比月光还亮堂

一台旧唱机

阳 飏

他家有一台唱机和一摞菜盘子大小的黑唱片
像是有人躲在斜纹布一样的唱片密纹里面
尖尖的唱针一划，声音就出来了
他爸他妈上班走了以后我们去他家听
老唱片磨损太厉害
就像一个感冒没好的人在坚持唱
偶尔还停顿一下
似乎唱累了捏着嗓子休息休息

那一年，满院子的孩子全用一种感冒的声音唱——
嘿啦啦啦嘿啦啦啦，天空出彩霞呀地上开红花呀……

圣洁的一面

宇 向

为了让更多的阳光进来
整个上午我都在擦洗一块玻璃

我把它擦得很干净
干净得好像没有玻璃,好像只剩下空气

过后我陷进沙发里
欣赏那一方块充足的阳光

一只苍蝇飞出去,撞在上面
一只苍蝇想飞进来,撞在上面
一些苍蝇想飞进飞出,它们撞在上面

窗台上几只苍蝇
扭动着身子在阳光中盲目地挣扎

我想我的生活和这些苍蝇的生活没有多大区别
我一直幻想朝向圣洁的一面

桃花盛开

郁 葱

这个季节。糜烂和颓废的气息
让一些人趋之若鹜，必定令一些人
避之不及
我始终想走自己的路
在新华道，我看到一个人
手举一枚干树枝，高喊"桃花盛开"
情绪激昂而又旁若无人
这无疑是个疯子
但他的相貌，居然跟我相像
我怀疑，是我的灵魂作怪
肉体在叙事，灵魂却在抒情
交通有了短暂的休克
之后，便是死水微澜
即使轰鸣的火车
即使乌黑的煤炭，包藏一颗祸心
我仍感觉到，人们在瞬间的红晕后
是漫长的灰，向青草更青处
延伸。悄无声息

怀 念

熊 焱

夜雨落在窗外
像你说话的声音,小小
你在两年前匆匆离开,就仿佛是在昨天
你才出门去买菜。小小
这两年来,我一个人寂寞地过
寂寞地守着我内心的苦、破碎的生活
累了,念一些人,想一些事
或者躺在床上,像一艘破船
我把自己搁浅了。小小
在这里,你的魂还在
你留在枕上的呓语和呼吸还在

从火葬场到家门口的路,只要半小时了
小小,别挤公交,打的吧
你遗留的化妆品、衣服、数码相机……
我都完好地放在柜子里的。小小
它们和我一样,一直在等你回来
小小,现在是十点钟了,夜雨依然在下
我有事要出去了,小小
我把灯开着。那温暖的光亮
就像你,在两年前守候着我在深夜里疲惫的奔波

时 光

尹丽川

削得尖尖的花铅笔
用秃的橡皮,或一把
咬出牙印儿的三角尺
就能让我坐回
夏日清凉的教室
胳膊黏在课桌上
留下两枚月牙儿形的汗渍
老师在黑板上写字
白的确良衬衫隐隐透现
两根细细的胸罩带子
我扭头望见窗外
操场上的灰尘
被阳光晒得发烫
白杨树被风吹得哗哗响
我拎着一捆大葱
站在人声鼎沸的市场
和学校隔了一堵墙
身边的爱人怀抱芹菜和鲜花
半只粉色的塑料凉鞋埋在土里
我望见空无一人的操场
白杨树被风吹得哗哗响

故 乡

叶玉琳

没有理由骄奢和懒惰
推开幸福的大门
上帝只给了我一件特殊的礼物：
一个又低又潮的家
我的父母又黑又瘦
他们馈赠于我的
贫穷是第一笔财富

常常独自一人眺望山坡
那怯懦而又沉默的儿时伙伴
映衬了我们
身边的少女已摆脱了病痛
学会高声歌吟
以自己创造的音调

有一天我歌声喑哑，为情所困
我仍要回到这里，苦苦搜寻
一大片广阔的原野和暖洋洋的风
金黄的草木在目光中缓缓移动
戴草帽的姐妹结伴到山中割麦　拾禾
我记得那起伏的腰胯间
松软的律动
美源自劳作和卑微

她们之中有谁将突然走远
带着一身汗泥和熟悉的往事
消失在重重雾岚
我是如此幸运,又是如此悲伤——
故乡啊,我流浪的耳朵
一只用来倾听,一只用来挽留

小火轮

子　川

沉寂了不知多少年
里下河终于响起小火轮
散发柴油气息的声音
弥漫水乡上空
田野里油菜花开得激情澎湃
衔泥的燕子飞得天空益发地倾斜
春天一天天老去

小火轮的烟囱
冒着黑烟
飘着城市里的呼吸
水边，蚕豆花的黑眼睛忽闪忽闪
看着小火轮带来的波浪
洗涮古老的堤岸

夏收夏栽都还没有开始
秋收冬藏遥不可及
这是1970年初夏的一幅画面
小火轮从里下河"突突突"的驶过
把一个少年的梦捎向远方

木 梳

路 也

我带上一把木梳去看你
在年少轻狂的南风里
去那个有你的省,那座东经 118 度北纬 32 度的城。
我没有百宝箱,只有这把桃花心木梳子
梳理闲愁和微微的偏头疼。
在那里,我要你给我起个小名
依照那些遍种的植物来称呼我:
梅花、桂子、茉莉、枫杨或者菱角都行
她们是我的姐妹,前世的乡愁。
我们临水而居
身边的那条江叫扬子,那条河叫运河
还有一个叫瓜洲的渡口
我们在雕花木窗下
吃莼菜和鲈鱼,喝碧螺春与糯米酒
写出使洛阳纸贵的诗
在棋盘上谈论人生
用一把轻摇的丝绸扇子送走恩怨情仇。
我常常想就这样回到古代,进入水墨山水
过一种名叫沁园春或如梦令的幸福生活
我是你云鬓轻挽的娘子,你是我那断了仕途的官人。

我把一粒泥土带进了城市里

白庆国

我是无意的
它就藏在我衣服的缝隙里
被我发现后取了出来
它依然散发着浓烈的泥土气息
我把它随手扔在水泥路面上
它在坚硬的路面上滚动了两下停止了
这时，我发现它好像有一双明亮的眼睛
怒视着我
让我不忍心走开
我犹豫了片刻
最终又走到它身旁
把它捡了起来，放回口袋
我弯腰的动作，引来许多人好奇的目光
他们也许认为我捡了一沓钞票
嫉妒的心情表露在脸上
我觉得好笑
就用手捂住口袋
装作拾到黄金的样子

多么爽啊
一粒泥土
在城市里被误认为黄金

秋天的画布

林　莉

让我指给你一行白鹭
正从蒙霜的大地上空徐徐飞过
这亮光闪闪的尤物，不为你独有

秋天的画布上，是宽阔的田野
劳动者和沉甸甸的谷粒，万物静美

作为它们之间的协调者和秘密砝码
一行白鹭起飞，代替低处的生命在一张画布上苏醒
一次飞行来自内心所需，两次飞行就是自然法则

它们振翅、滑翔，留下一串模糊的嗡嗡之音
偶尔它们会在半空遽然静止……那突兀的
悬浮着的戛然而止，好似报答又好似诀别

黄昏：一个人经过黑渠口嵝岘

郭晓琦

黄昏
一个人经过黑渠口嵝岘
我注意到啸叫的冷风要比往日阴森
早年，毡衣马帮住过的原始洞穴
像钉在土崖腹部的一排黑扣子
狠狠地盯着我。一只乌鸦
一只哀鸣的乌鸦
是孤单的。黑翅膀扇动了沉沉的暮色
一尺一尺加深着凄凉

这是祖父的故事里神秘的古渠口嵝岘
——一个土匪猖獗过的地方
如今，脚下埋葬着多少残损的白骨
有多少不散的阴魂，在风疾月黑的暗夜里
踽踽游荡

这是我一个人必须经过的古渠口嵝岘
幽冥、荒芜。仿佛有马嘶的声音
铁刃的声音。仿佛有人在呐喊，嘤嘤啜泣
在背后叫我的名字
我小跑着，故意抖出坚硬的咳嗽
越来越紧的羊皮袄风
越来越紧地揪着我的心口

汇款单上一个幸福的名字

老　铁

我看不清那张脸孔
在邮局一隅，他面对着一张汇款单
趴在桌上，专注地填写着：
某某省某某县
某某村某某人收

此刻，他正携着这座城市
陌生的精彩，取道那些熟悉的笔画
一笔一笔地回家
渐渐走近汇款单上
那个熟悉的村庄和亲切的名字

我知道，那个名字是幸福的
无论叫吴贵香、沈翠兰还是张春娥
她终究是一个幸福的女人
一个幸福的妻子、母亲或者女儿

或许汇款单上是一个男人的
名字：爷爷、父亲或者读书的儿子
但我相信，无论是谁
那个名字总是幸福的

两只刺猬

江一郎

不清楚这是哪一档节目,打开电视时
我就看见两只刺猬,在高速公路
深夜的高速公路
幽暗,寂冷
而此刻,一束强光照着两只刺猬
其中一只已经被车轧死
只是,另一只好像并不明白
它低着头,用鼻子不停地
触碰,似乎那只刺猬
不是被轧死了,是累了
趴在地上不走
它用鼻子不停地触碰,一边吱吱叫着
一定在喊那只刺猬
起来吧,走喽
身边不时有车掠过
挟带静夜的轰响
那束照亮刺猬的强光,缓慢地移动
时光跟着变得缓慢
我在想,躲在暗处的摄影师,为什么
不赶走那只活着的刺猬呢
他如此真实地拍下一只刺猬的死亡
和另一只刺猬的悲伤
究竟为了什么

这时候，一辆载重卡车突然冲过来
声响大得惊人
等车过后，那只死刺猬还在
另一只，却不知去向
很快，落地的强光离开死刺猬
往漆黑的路面寻找
可是，空旷的高速路上
我什么也没有见到
那只刺猬，仿佛被载重卡车带走
又像冷夜的风消失

墓志铭
—— 翻页

君　儿

如果今晚我不去睡
一直写
写到最终牺牲在椅子上
我有墓志铭如下
某某　志大才疏
三十岁写诗
三十四岁写到字词全无
三十五岁觉出意义的荒谬
于是往回翻
翻到二十五岁
初尝胆小如鼠的男人的滋味
再往前翻
翻到二十岁
单纯而固执地向未来撅着嘴脸
再往前翻
翻到十岁
那是谁
牵着一头凶猛的山羊
走在阳光富裕的乡村路上
将男同学撞倒在泥浆漉漉的
水沟之旁

水中的一棵芦苇

潘志光

坐在河边
背靠夕阳
看着水中的一棵芦苇

水波涌过来了
水中的芦苇被压在下面
水波涌过去了
水中的芦苇抖抖水珠
站起来了

更大的水波涌过来了
水中芦苇又被压在下面
水波涌过去了
水中的芦苇又抖抖水珠
又站起来了

夜晚，我湿漉漉的梦中
看见一棵挺拔的芦苇
将枝叶伸进了太阳

好山色
——忆《张苍水就义图》

张红兵

"好山色!"不是我说的,是张苍水说的
是张苍水当年被清军杀害于杭州时说的
张苍水又名张煌言,是明末清初的抗清义士
一句话,只有三个字,却像个谜面
多少年我也没找到它的谜底
今晨,听上小学三年级的儿子读《西湖》
"一山青、一山绿、一山浓、一山淡……"
忽然又想起了多年前我曾看到过的那幅画

一九七六年的一枚伍分硬币

晓 弦

这枚 1976 年诞生的伍分硬币
带着一月的哀思,周游世界
也许它见过九月那簇小小的白花,闻到
十月那一缕酒香
也许摇身一变,成为收藏家的最爱
成为孩儿珍奇的压岁钱
也许它作为游子手里的一张门票
游过天坛,故宫,圆明园
对照天安门城楼,细细辨认过国徽
也许它是煤老板手上半盒雄狮牌火柴
山里娃手里一个黑馍,广西前线士兵一次
不经意的占卜,夜半美容院小姐嘴上
那个不到十分之一的葱饼
不然,为什么几个商场收银员
都嫌它脏,嫌它留有北国的油污,南国的薰烟
但在我心里,它享有无比的敬重
它经历过共和国的雪雨风霜
依然有着饱满的麦穗,和庄严的国徽
稍加擦拭,便显露依稀闪亮的黎明

深夜,大风中的一听空罐头筒

高建刚

深夜,我被一听空罐头筒叫醒。
它在楼下水泥地上滚来滚去,
发出急促的叫声。
有时,摔在地上滚出很远,
又滚回来,
有时,被拖拉着转几圈再抛出去,
有时,被踢到墙上,弹下来接着滚,
有时,到了风够不着的地方,
安静一会儿,又滚出来。

一听空罐头筒,
在空空荡荡的夜里回响。
有时,它发出动物的哀鸣,
有时,发出植物在风中的尖唳,
有时,发出阵阵婴儿的啼哭

然而,人们都已入睡
它用最后的挣扎
等待着一位拾荒者
一脚将它踩成硬币

江汉平原

田　禾

往前走，江汉平原在我眼里不断拓宽、放大
过了汉阳，前面是仙桃、潜江，平原就更大了
那些升起在平原上空的炊烟多么高，多么美
炊烟的下面埋着足够的火焰
火光照亮烧饭的母亲，也照亮劳作的父亲
八月，风吹平原阔。平原上一望无涯的
棉花地，白茫茫一片，像某年的一场大雪
棉花秆挺立了一个夏天，叶片经太阳暴晒
有些卷曲。那些玉米，长在长秸秆的
细腰上，像母亲身上挂着的乳房
隐隐能听见婴儿的吸吮声。我顺着一条
小河来，手指轻轻抚摸河流的速度
上下游的水都以一种相同的姿势流淌
黄昏，夕阳如水中的一条活鱼
游到七孔桥拐半道弯就消失了。这时候
远处村庄里，点起了豆油灯，大平原变得
越来越小，小到只有一盏豆油灯那么大
豆油灯的火苗在微风中轻轻摇晃
我感觉黑夜里的江汉平原也在轻轻摇晃

雏菊花开的时候

川 美

雏菊花开的时候,我们做了邻居
我是你的左邻,或你是我的左居,都不重要
重要的是我们挨得很近,篱笆挨着篱笆
后来连篱笆也省略了,果园连着果园

麻雀们站在两家的树梢上唱同一首歌
蜜蜂们采两家的苹果花酿同一罐蜜
我们,温暖地望着对方的眼睛
眼睛里的清泉来自看不见的同一个水系

可是,是什么让你动了搬家的念头
我回来的时候,你的房门开着
你的人已离去,去做了别人的邻居?

如今雏菊花又开了,蜜蜂与麻雀已开始忙碌
我依旧经管我的果园,不时抬头看看你的空房子
而生活的味道已经改变,麻雀的歌,蜜蜂的蜜

哥 哥

玉上烟

哥,你又瘦了
焦虑,藏在刚长出的白发里
你一直在吸烟。我想起了小时候
送给你的第一张贺年卡:
哥,我愿是一缕轻烟,久久地缠绕在你的身旁
情书一样

我一直不敢看你的眼睛
也不敢看你肥大了的衣裤
最近你的身体更差了。我一直看着窗外
刚下过雨,玻璃窗上的雨滴
一滴挨着一滴

你说父亲不在了,长子如父
你有权利管教我。哥,你不懂我
我也不想让你疼。等平静下来
我就向你认错:我会对炊烟再爱一些
不再沉浸酒和诗歌

你说你恨极了我高傲的样子
哥,不是我有意抬高视线
哥,我一低头
眼泪就流出来了

田野里还剩下最后一个人

陈 亮

月亮还没有从牛头岭里拱出来
天很黑，很大，要吸走了一切
田野里还剩下最后一个人，还在动在响
类似于一头累坏了的狗熊
看不清他的所在，只听见
他越来越湿重地喘息
扰乱了虫子们的狂欢和一滩野花的开放
让雾团压低，田野无声凹陷
让你想喊，却想不起要喊什么
想对着什么大声说滚开
却不知道什么就是什么
他在继续喘息着，喘息着
那把铁锨在闪着微弱的光亮
真不知道他到底什么时候才能休息
他的手脚似乎已经被谁控制
或者已经被人们所遗忘
像一块无名的墓碑，没人来领他回去
一朵野花，终于，憋不住开了
花心里散出了更多的苦
一个虫子，终于憋不住叫了起来
声音里飘出暗红的血丝儿
田野里，还剩下最后一个人
我实在不忍心说出他是谁——

尘 世

晴朗李寒

突来的暴雨压低了暑热与尘埃。
晚风擦亮了星辰。
杨树林吐散着薄荷的气息。
一汪水洼,悄悄收藏了灯火和星光,
一声蝉鸣,
唱出了数载泥土下的幽暗。
你看,喧嚣远去,
一切隐含的都渐渐裸露出来。
每一日,都有我们
不曾发现的美好与新奇。

我是尘世的一部分,这是无法回避的。
我的骨头,应和了天气,
我的皮肤上有盐,
我的体内肯定有一片大海。
尘世苍茫,对岁月渐渐消除了恐惧,
老年也变得令人向往。
你看,我说话不再迂回曲折,
走路开始有些蹒跚,
为了与左侧这颗心保持平衡,
我的身体,开始微微右倾。

那一年夏天

靳晓静

那一年夏天　红旗狂热
山河壮美　没人注意到我的童年
父母日夜上街游行
带回家的也是硝烟和碎片
小弟趁机上房下河　翻江倒海

那一年夏天没有人和我说话
我蹲在园子里的地上看蚂蚁
它们身体微小洞穴神秘
它们互相碰着头上的触须说话
只差一点　我就要听懂它们的语言
大地烘烤着我　汗水淋漓
雷雨正在天边聚集

突然，阳光暗了下来
一个人影出现在我旁边
他头发蓬乱　人们都说他是个疯子
他对我喊道　花脸猫儿
然后咧嘴一笑　他的牙齿很白
我赶紧抹了抹脸上的汗水泥痕
他又叫道　花脸猫儿
在我听来　这更像个昵称
我笑了　心生温暖

那一年夏天　邻居们
都避开这个男人这个疯子
我却一点儿也不怕他
暗自盼望再遇见
可几次相遇后　他再也没出现
邻居们说他死了　自杀了
死是什么　为什么自杀
我又见过他的父母弟妹
他们轻手轻脚地活着
唯恐惊扰了谁

那年夏天我不再说话
大地长草　山河寂寞

青草湖边的木屋

刘 年

想停下来,像一只瓢虫,停在丝瓜花上
想走了,掉头而去,给繁华一个背影
像水一样,躲进芦苇丛

想跳进湖里,水下有青草、岩石和阳光
水如母亲的手,抚遍全身
想把泥翻起来,捡黄鳝。带回去
炒干椒与生姜。想种葵花、豌豆以及燕麦

想在屋檐下,等雨住,等青苔
顺着石阶一级级爬上来
记起了什么,取下斗笠和蓑衣,去水边
在岩石上,看断云,看此岸的青和对岸的白

想挑一下桐油灯,让它更亮一些
看一封字迹潦草的信
抄一段《心经》。一首很好的诗
在藤椅上,把身体放平
观星象,分辨小熊座与大熊座
算明天宜不宜赶集,理发,纳畜,买书
会不会有客从北方来
小黄狗睡了,蜷在怀里,鼻息均匀

想有个黄昏,葛勇来过。要赶飞机,又走了
门槛外,放着榨菜、酒坛。还有钱
纸条上写着一首五绝:"访刘年不遇……"
把船撑到湖中间,那里有许多风
开坛。葛勇酿的高粱酒,口味极淡
湖里游动的,有些是星子,有些是萤火虫

想养九只鹅,不用喂食,每天早上它们
自己下水,晚上自己回家,而且会讲究队形
想有一支猎枪,带瞄准镜的

想有个黄昏,我正在钓鳜鱼和螃蟹
屋顶上,谁把炊烟,烧得如此歪歪扭扭?
跑回木屋。灶边,你在手忙脚乱地做菜
你围着一件粗布的细花围裙。手轻如湖水
生的松木,烟很浓。熏出了泪
想你学会了游泳,像一条白花花的八爪鱼
向我扑来。鸥鹭们惊慌失措

想用小半天,观察植物的长势
关心苞谷,也关心金钱蒿和鼠尾草
想用余下的时间等,等一场雪,不分南北
等一次潮,不辨沧海。等青苔爬上裤管
等一个人,像怀里的小黄狗一样,幡然醒来

南风过境

冯　娜

我不是任何一根发光的羽毛
我是你张了张嘴　叫不出名字的瓷器
性情薄凉　质地婉转　吹弹可破

我是一阵借刀裁剪春色的南风
温软缱绻　扑面如刃
我不爱流连远山和湖泊
直取阳关和良人的心房

我是南风呵
来时携雨　去时惊蛰
时而回首　寻鲜花果腹　醉卧芍药丛

若是被你的马蹄踩痛
便腹中吞剑　我是南风　我不说
你可是良人
我不问

马嚼夜草的声音

北　野

马嚼夜草的声音
和远处火车隐隐的轰鸣
使我的水缸和诗行　微微颤抖

这正是我渴望已久的生活啊
葵花包围的庄园里　夜夜都有
狗看星星的宁静

我还需要什么
假如我的爱人就在身旁
孩子们在梦里睡得正香

我只需要一个小小的邮局
隔三岔五送来一两个
手写的邮包

伪　证

　　侯　马

我在农村念小学的时候
班里有一个很脏很丑的同学
有一天我情不自禁
用两手狠狠地掐住了她的脸蛋

她毫不示弱
用长长的黑指甲
也掐住了我的脸蛋
疼痛难忍
最后我俩同时放手
各自脸上布满血痕

老师向几个她信赖的学生
（就是几个长得好功课好的女生）
调查此事
她们一致作证：我是后动的手
噢，我的童蒙女友：小玉、翠香和蓝蓝

海魂衫

胡续冬

1991年，她穿着我梦见过的大海
从我身边走过。她细溜溜的胳膊
汹涌地挥舞着美，搅得一路上都是
她十七岁的海水。我斗胆目睹了
她走进高三六班的全过程，
顶住巨浪冲刷，例行水文观察。
我在冲天而去的浪尖上看到了
两只小小的神，它们抖动着
小小的触须，一只对我说"不"，
一只对我说"是"。它们说完之后
齐刷刷地白了我一眼，从天上
又落回她布满礁石的肋间。她带着
全部的礁石和海水隐没在高三六班
而我却一直呆立在教室外
一棵发育不良的乌桕树下，尽失
街霸威严、全无狡童体面，
把一只抽完了的"大重九"
又抽了三乘三遍。在上课铃响之前
我至少抽出了三倍于海水的
苦和咸，抽出了她没说的话和我
激滟的废话，抽出了那朵
在海中沉睡的我的神秘之花。

冬末，我去做一件重要的事情

姜宇清

我已经听到了，远山积雪下的
流泉，听到了正拱破冻土层的苦苦菜与婆婆丁

赶在之前，我必须做好一件事情
把积了一冬的粪肥刨开，装上牛车

这些粪肥带着闪光的冰碴，还未消开
我把它们撒到大田里去，风一吹它们就融化了

我做完这件重要的事情，整个冬天就算过去了

转眼，我看见雁阵飞过蓝天
大雁是擦着我的头顶过来的
我听见它们的翅膀又沉又闷的声音

采石场北面的大海

简 人

采石场北面，大海仿佛闪光的硬币
而寂静，只是一记空缺的重拳
我的剃刀阉割着神经
整个海滩，堆满烂木材，船骸和钉子尖叫的时间……

——像光的坟墓，像无限的泪水抛出血肉的躯体
今夜，每颗沙子都储藏着风暴的心
而我，尾随星星的舰队
譬如一个生锈的孩子，倾听自己血液中的涛声

还有什么情绪能追上这愤怒的肺叶？大海
在你胃里，埋葬着多少亡灵和鱼群的闪电
此刻，潮水急剧弯下腰，海螺也摘掉夜晚的耳朵
——剩下我晦暗的生命，幻想唤醒万物的睡眠

而黑暗太深，水面太宽
谁的胸膛能盛下辽阔的伤口
谁的语言能够抵达航行？
——如果我呼喊，整个大海像个哑巴！
——倘若我沉默，一切也会消失……

锦书之一：立春

潘　维

一

立春。邮差的门环又绿了。
壁虎也在血管里挂起了小的灯笼。
寒气贴在门楣上，
是纸剪的喜字。
祖母在谈论邻家女孩的蛀牙，
声带布满了褶皱。

我的书法没什么长进，
笔端的墨经常走神，滴落在宣纸上，
化开，犹如一支运粮的船队。
它们也该向京城出发了。
我给你捎去了火腿一支、丝绸半匹和年糕几筐，
还有家书一封。那首小诗
是我在一个傍晚写成的：门前的河流
让镇上的主妇们变得安静，
河水拐弯熟练得像做家务。

不远处，就要过年了。
节日的气氛整天在我身边忙碌。
似乎橱里的碗也亮了许多。
至于庭院里的那株蜡梅，

喧闹得有点冒昧，又有点羞愧。

每当夜风吹过，就会有一阵土腥弥散。
水乡经过染坊的漂洗，
成了一块未出嫁的蓝印花布。

二

解冻之时，木犁
或者虫蚁疏松着泥土。
当然，还须检查地窖阴暗的湿度。

今日，在管家的安排下，
全家都在擦拭、扫房和沐浴。
女童的缎鞋则像刚开封的黄酒，
匆匆穿过精巧的游廊，
在空气两旁刺绣出瑞香与迎春。
你知道，在这欣欣向荣的柳风里，
我应该拥有梳洗打扮之后的心情。

但是，衰老的冬天仍有着苛刻的寒冷。
三更敲过之后，整座府院
就掉进了一幅"寒江钓雪图"。
墙上的古筝，荒芜又多病。
火盆里的炭将一生停留在灰中。

岁暮的影子，
又徒增了些许无辜的华丽。

我们不说爱已经很久了

　　王　妃

省略姓氏。有时也会省略名字
直接说嗳或者嗯

争吵，或者不理不睬，但不影响在餐桌边
围坐、就餐、叮嘱孩子

在拧灭台灯之前，把明天再次认真地算计一遍
最后，用呵欠的尾气拖出一个长音——
"睡吧"
省略"晚安"，省略所有的肌肤相亲。
若是寒夜，就在各自的被窝里想念
空调、电热毯、暖手宝、热水袋……
这些能散发热气的名词，会让冰凉的被窝和身体
慢慢暖起来

暮 归

刘高贵

在庄稼地里整整忙活了一天
我中年的父亲母亲
跟早上下地时相比
好像突然苍老了十岁
母亲在地头弯下腰
替父亲捡起田埂上的布鞋
父亲接过母亲的锄头
顺手拍了拍她沾满草屑的后背
他们都没说话
只是悄悄对视了一眼　就一眼
然后就脚跟脚地
隐身于无边的暮色里

多少年过后　　那些人欢马叫的劳动场景
我都淡忘了
唯有暮色里那两个脚跟脚的身影
却越来越清晰

那五·清朝的月亮已经亡了

朵 渔

你们还能看到月亮吗?
清朝的月亮已经亡了!
昨夜我在墙头看到的那枚月亮
怎么看都像乱党
只有诗词里还有一轮满月
只有满月的孩子还有一张笑脸
星星们都开始起来造反了
清朝的月亮彻底亡了!
小翠也已被她的兄弟接走
他们驾着驴车,穿过米店和当铺的玻璃
他们走远了,汇进了一场葬礼
他们不仅放弃了爷的锦袍、蛐蛐和白癜风
还放弃了银子和前程!
而她留在我耳边的那一串轻唤
依然像一罐银子那样叮当作响
清朝的月亮亡了
连诗词都不愿再裹小脚
连加减乘除都拿起了武器
亡了,唯西山可栖残月
唯府中青杏尚可招呼——
快拿爷的灯儿和枪来
烟枪有多长,爷的梦就有多长……

碰还是不碰

君　儿

你告诉我
有些东西你不能碰
碰了就会心虚
混乱　无所适从
我心虚着
但我没碰
碰还是不碰
这是个问题
如果碰了
我另有道路
我将失去你
如果不碰
我原地踏步
我们还是不能成为
同一个巢里的动物
既然这样
也许还不如碰一碰
碰对了
我们且歌且醉
不灭不生
碰错了
我就以尘埃的形式
向你汇报前生的
困惑和寂静

只有大海苍茫如幕

　　于　坚

　　春天中我们在渤海上
　　说着诗
　　往事和其中的含意
　　云向北去
　　船向南开
　　有一条出现于落日的左侧
　　谁指了一下
　　转身去看时
　　只有大海满面黄昏
　　苍茫如幕

春　天

大　解

阳光太强了　即使站在树阴下
也能看见她的耳朵和半边脸　干净而透明
她有七八个姐妹　叽叽喳喳地议论着什么
除了说笑　动作多于表情

这些女孩子　如果不是来自学校
就是来自于天堂　上帝给予她们的快乐
被青春所吸收　然后完全释放
在空气中

这是城中的一个车站
在等车的短暂时间里　我把树影让给她们
假装看着别处　以便她们放肆地
笑成一团　弯腰拍打
毫不在意远方的薄云　为此稍作停留

灰姑娘

叶丽隽

十八九岁,各地辗转
曾经学画度芳年

有段时间,求学于高村的一个画室
我,育红、竹林和小园
彼此形影不离
一起写生、临摹、挨训
一起高谈阔论、踌躇满志

我们曾漫步于广阔的原野
在一座空坟前停下脚步
看四脚蜥蜴在阳光下热烈地交尾
也曾在月黑风高的夜晚
偷挖村民的地瓜

当黄昏来临
我晃着脚,坐在窗台上用单音吹口琴
她们则跟着曲调轻轻哼唱
郑钧的《灰姑娘》
……是的,一群真正的灰姑娘
在那时
摇头晃脑地吹奏着,哼唱着
每个人都觉得来日方长

金星下

扶 桑

金星下
河水凝滞不动，为暑热冻住
路灯把小竹林的剪影投在两个人背上
他们坐在沿河最高的石阶上。这是河流
在城区最美的一段
对岸柔波样起伏的小山，还未被武汉来的开发商
炸平，建成一幢幢住宅小区
他们不年轻了，虽然还未老去
他们常常沉默，那沉默不再是无声的话语心的涟漪
他们不时交谈，那交谈也不再是一种触抚
金星依旧明亮，在他们头顶
但时间在过去
金星依旧高悬，在他们头顶
但船已行至另一地点
（她忽而意识到，那半轮月亮已不知何时在夜色里溶解、消失了）
伤害被原谅了
但想象力损坏殆尽——
他的造访，已不是恋人甜蜜的相会
他们坐得很近（她把包和纯净水放在两人之间），但手不再相握
他们坐得很近——是两个老朋友

我看见我还站在那里

杨 方

不断滚动的字幕,人群
那个拖着巨大行李箱的人已经沉重地消失在进站口
钟楼上的秒针,不会因此停下来
它往前跳一下,我就跟着疼一下
还有十分钟,还有五分钟,还有最后一秒
我看见我还站在那里,裙子鲜亮,泪水盈盈
水井巷,饮马街,紫花丁香,还有谁会穿过它们匆匆赶来
拨开拥挤的人群找到我。那些明亮的油菜花
已经沿着铁轨开到了我要去的地方
一匹锦缎里,我会小花猫一样地一直哭下去吗
一路上,铁轨都在嚓嚓,嚓嚓的向大地倾诉
兰州,西安,洛阳。我什么也不说,只是固执地咬紧嘴唇
如果停下来,我会看见我还站在那里
偌大的火车站广场,我已经停止了张望,时间静悄悄
只有一只小鸟歪着脑袋善意地看我,汽笛响起的时候
它啾啾尖叫着,转身扑进了铅一样灰重的天空
那里,钟楼的尖顶就要把谁的胸膛戳破
我将被那枚钉子定在那里,永远地,裙子鲜亮,泪水盈盈

滋 味

柳 沄

撂下电话
女儿急着往外走
将刚咬了一口的苹果
随手丢在茶几上

很红的苹果
很好看很好吃的苹果
无奈地摇晃那么几下
就再也不动了

我能猜到
这是怎么一回事
——初恋远比任何一只苹果
都更有滋味

连招呼也不打
女儿推门就出去了
那跑下楼梯的脚步声
把我带出去老远

女儿确实长大了
她已有太多的理由
在丢下一只苹果的同时

把我也丢在屋里

然而，无论我如何想
女儿的突然离开都好比一次停电
我很难一下子
摸到蜡烛和火柴

有好大一会儿
我跟那只发呆的苹果
一样静，一样
缓不过神来

不一样的是心里的滋味
我无法像被咬过的苹果那样
很甜很甜地对待着
所遭遇到的一切

如来八塔和十二美少女

阿　信

如来八塔：
湟中塔尔寺的标志性建筑。
八枚宗教的响尾蛇导弹，
静静指向蓝天。

我是远道而来的俗客，专门看它
在大地上简单排列的美。
而不必知道，在一个僧人眼中
它们会有多么不同。

静静的白塔。
静静的正午。如果加上
缭绕的柏烟，远处的青海湖，
我知道我已经不虚此行。

但十二美少女的出现——
秋水红唇，白裙绝尘
——像十二个飞天
环绕如来八塔。

——这十二个
拍片之余在此歇足的
青海艺校舞蹈大班的少女，她们

不知道

正是她们的无心，
与如来八塔庄穆的美一起
造就了一个俗人
内心最初的宗教。

记一个冬天

胡 弦

屋瓦上压着厚厚的雪,母亲
坐在门内纳鞋底。
麻雀偶尔来院子里觅食,又匆忙飞去。
那是些阳光很好的日子,风从高高的云天外吹过来,带着
苦楝树的气息。
那也是一个平静的冬天,父亲一直在做家具。
院墙上的枯藤长长的,仿佛长过了人的一生。
时日缓慢,雪水嘀嗒,辛酸之物悄悄融化。
我在刘集镇教书,放寒假,闲逛,写诗。
年关将至。过罢年,小妹将出嫁,而在重庆打工的弟弟
还没有回来。母亲
常常走到门楼下朝村口张望。
煤矸石路上,偶有从徐州开来的班车。每当烟尘散尽
田野上的雪,似乎更白,也比原来更加寂静。
如果多站一会儿,远处,祖父母的坟便依稀可见,
——他们去世多年,当时,已很少被提及。

在华沙，与胡佩方女士交谈

雷平阳

我亲切地叫她老外婆
不是因为年龄。她为我炒回锅肉
辣子鸡，还准备了半斤四川酒
仿佛我就是她失散多年的外孙
现在终于回到华沙，掉进了
她满屋子干花、书籍和绘画组成的陷阱
她常坐的沙发，皮革磨出了洞
但形形色色的旅行箱，又供出了她
八十岁仍在剧烈奔波的魂魄
在波兰，她翻译的《金瓶梅》
出到了第五版，神示的结构
妙不可言的闲笔，每个有情有义的汉字
她说，这本书让她一生享有
一颗怀春少女的心灵："就是现在，每次
出门，我都会精心打扮自己……"
驼着背，手有些抖，她从红色塑料匣中
翻出十二岁时发表的一篇散文
六十八年的光阴隔着，多数的汉字
像一颗颗石粒儿，被铁锤敲碎了
但她从任何一个字的任何一个笔画
都还能找到入口，回到罗泊湖
她保持了有限度的爱，人生如寄
却拒绝以亡命的口吻谈论得与失

尊严和苦难。回去？她摇头："我回去
干什么？在波兰我还有多少事没做完！"
仿佛刚做的心脏手术，医生为她
换上了一台马达。我小心翼翼
向她打听波兰人眼里的中国、乌鸦
和整个欧洲的寂静，假想中的真理
像掉进大海的一根绣花针
我无意将它捞起，她一边吃着坚果
一边撕开大海的皮，拿出的则是
波涛、暗流和岛屿。有些世相谁都难以
辩白和剖析，就像绣花针，在鱼体中
——变成了刺，锋利包裹在血肉里
不能比拟天空中劈下的闪电和雷霆
我们隔着大海说话，声音断断续续
她在呼唤她莫须有的外孙子
我在寻找坐在海面上抽烟的老外婆
不过，在灯塔上相遇并共进晚餐的
肯定不是我们，那是两个孤魂
再次迷上了塞壬的歌声。我们仍然
坐在她逼仄的博物馆之家
吃着湖南姜糖，喝着黄山毛峰
感觉哪儿也没去过。夜深了，我离开
走出了很远，回头一看，她还在阳台上
挥手。华沙的灯光，犹如中国秋天的月色

单身女人

臧海英

我感到羞愧。
为何不把自己交给一个男人
哪怕他是一道伤疤
一块腐肉
哪怕他是酒鬼,赌徒,家暴实施者。

他们说:"不是一个弃妇,就是一个荡妇。"
我感到羞愧
哪一个我也做不好。

单身男人投来的目光,像在揭穿谎言
我感到羞愧
我没有这个或那个。

已婚男人要我做他的情人
我感到羞愧
我做不到一会拥抱,一会装成陌生人。

更多的人避开我,像躲避一场瘟疫
我感到羞愧
为自己的罪孽深重。

洗澡时,看着自己的裸体
我感到羞愧
它那么无知,又无畏。

1979 年的秋天空空荡荡

龙红年

我们一前一后走在田埂上
田埂瘦成了一条绳
他瘦成了秋后的蚂蚱

一只青蛙咕咚跳进河里的蓝天
要上大学去了
我看到的远方是一片茂盛的松林

他拄着拐杖送我
蹒跚的步履
离我足有一个时代的距离

我知道此时他花甲的身体里
藏着多余的糖　那可是
比苦更要命的甜啊

我们没有说一句话
只有蝉儿在那个九月
替我们说了很多

汽车把他的儿子带走了
卷起的尘埃将他掩埋
1979 年的秋天空空荡荡

顺　从

王志国

被风吹得倾斜的青草
我喜欢这垂向大地的弯
顺从中隐含韧劲

多年来，我一直把风吹草低当作一种生活方式
但在与现实较劲的过程中
却硬不及石头，柔不如草木
在经历了亲人的逝去、时光的流逝、生活的磨砺后
我突然觉得，在这世上，
除了不轻言放弃和生命的尊严
其他，草木一样，顺从

纸飞机

陈丽伟

今晚月亮真好　我们
在月亮下扔纸飞机
飞机一头栽到地上
像我的心情

今晚月亮真好　本来
我的心情跟她一样好
只是冬夜太冷了
冻得你冷冰冰的

纸飞机本是一页麦当劳
刚还托着一杯热咖啡
咖啡能让人兴奋　尤其
热得有点烫口

今晚月亮真的很好
照进餐厅就显得假了
真希望突然停电
好多东西就是真的了

咖啡飘出浪漫的香气
你的脸在香气中有点美
聊到打烊不知聊些什么

临走还叠个纸飞机

噢！纸飞机原来不是真的
尽管上面印得花花绿绿
纸飞机不是真的就好了
栽到地上也不会爆炸

今晚月亮真好
我一个人开着纸飞机回家
纸飞机完成一次危险的航行
飞得像月亮一样美丽

红 尘

武强华

也许前世与今生的距离
就是我和他肩膀之间的距离
我们并排走着。阳光落在他赭红色的衣服上
酥油的味道,从融化的旧时光里蒸腾出来

庙堂之间,两个身影
并不能使石块铺就的小路从低沉的呢喃中
瞬间醒来。但渐渐呈现的温热
就要使十月的众神从经堂之上来到人间

其实,中间也发生过几次轻微的碰撞
他的肩膀上那些细密的尘埃
被我不小心惊动,在白光里漂浮了一会儿
刹那又归于沉寂

"人为什么烦恼?"
是欲望
是贪,是嗔,是痴
还是深不见底的宿命?

——我并不想从他口中得到答案
其实,谈论什么都是多余的
这个上午,我和一个叫丹增的喇嘛
都试图从红尘中全身而退

葵园黄昏

雨 兰

那是什么声音在哭
在我的身体里
呜呜咽咽地哭
那是什么声音在唱
在我的十指上
蓬蓬勃勃地唱

草木丰润,清香四溢
寂静长着厚嘴唇
性感,撩人
我是沉浸在遐想中的孩子
微闭着的双眼里
养育了大片大片的星空
有时我叫蒙克、莫奈、高更
有时我叫兰波、波德莱尔、洛尔迦
此时,我只有一个名字:凡·高
我的每一缕眼神
都是疯狂的画笔
纵横驰骋　恣肆狂放

当虫鸣声织成美丽的天籁
我又活过了一天
在万亩葵园,我这个不合时宜的人

我的胸口里荡漾着
新鲜的疼痛、忧愁、悲伤和幸福
我只需要一个安静的黄昏
安放内心所有燃烧的葵

火 红

赵 青

夏日傍晚
月光偶尔穿过高楼的缝隙
照亮散步的路
削尖的木头围起的花坛里
草茉莉开得正盛
几百甚至上千朵红花
摧枯拉朽般燃烧到栏杆之外
我俯下身
眼前的花　恍然间竟成了
多年前的那束火红

记得我喊的是男同学的名字
沱江大桥旁七中家属院的花坛里
却冒出个小女孩
她告诉我哥哥不在家
还把一束红得耀眼的草茉莉
举到我跟前
指着江边的天空说
看　我摘了晚霞

那是我第一次见到同学的妹妹
也是最后一次
之后不久

我听说她练习描红
胳膊常无意间擦碰写好的字
就找出一个竹子雕花臂搁
想要送给她
那天　楼前围了很多人
谈论着他的妹妹和小伙伴昨天去游泳
到现在还没能回来

当时　我久久愣在那里
不知该上楼还是离开
还总觉得
也许再喊一声同学的名字
那个手捧火红花束的女孩
会猛然间从暮色凝重的花坛里
站起来

我爱这庸常的诗意

张巧慧

五月虫啁。黄昏,母亲在厨房炒菜
三楼的姑娘高声唱着一首草原牧歌,她的姐妹
应和上来:一个向上,是云霄
滑翔而过的鹰的翅膀;一个拉宽,平缓,碧草芬芳
一楼的孩子练习莫扎特的曲子,生疏
只有二楼的门关着,拥抱着独特的安宁

红尘有美好,而我总是自寻麻烦。这个平凡的
黄昏,歌声、琴声,饭蔬的香味加浓
不论各自经历了什么

此刻,一栋楼房显出朴素的广阔
一首诗的凌厉,是良知;而
春风词笔,也慈悲。我爱这庸常的一幕
窗外的栀子花恰好路过夏天

静夜思

张二棍

等着炊烟，慢慢托起
缄默的星群
有的星星，站得很高
仿佛祖宗的牌位
有一颗，很多年了
守在老地方，像娘
有那么几颗，还没等我看清
就掉在不知名的地方
像乡下那些穷亲戚
没听说怎么病
就不在了。如果你问我
哪一颗像我，我真的
不敢随手指点。小时候
我太过顽劣，伤害了很多
萤火虫。以至于现在
我愧疚于，一切
微弱的光

室韦的夏天

津 渡

夏天这样短暂
如同河对岸,打水的俄罗斯女人
脱下短衫的瞬间。

风,涤荡草场
牲畜的汗息和粪便的气味,跟随热浪
席卷而来。

某个时刻,你感到厌倦
在扁豆扬起的蔓须和蜀葵的脸盘之间
怅然若失。

蓝莓酱捣好了
装进透明的罐子,不知名的纱翅虫
在玻璃壁,马腿阴影里爬搔。

逼真的幻觉
一再陷入可能,犹如那呆傻的木格楞之窗
眺望每个来临的日子。

还有很长的路
而躯体并不急着起身,它被流水挽留
在不断跃动的反光里

一九九三年,诸城之忆

黄　浩

一九九三年的诸城,怎么看也像个巨大烟囱
咕噜咕噜到处冒黑烟
大华岭是一道不可逾越的屏障
我时常被一群小痞子撵得落荒而逃
那年春天流行一首叫作春水流的歌曲
此时下海捞鱼摸虾的人们日益增多
街上充斥着假货,龙城市场无比繁荣
夏天,我们在地摊上吃蛤蜊喝啤酒
爱情变得混沌不清,旧人离开
新人却也狂热

一九九三年,我初入江湖的大染缸
秋风一起,我便五颜六色
一场雪下来的黄昏
我骑着山地车走在扶淇河畔
河里的芦苇晃晃悠悠,呜咽声起
是不是在嘲笑我,从此再也回不来的天真

是凉薯，也是番葛

敬丹樱

喜欢叫它地瓜，像外婆唤我的小名
喜欢蹲在菜地，等第一茎嫩芽顶破泥土
喜欢把满园碎花
看成蠢蠢欲动的蝴蝶
喜欢对着锄头祈祷：偏一点，再偏一点
喜欢日子劈开两半，伤口都是甜的。喜欢心满意足捧着肚皮
听童年传来白生生的脆响
喜欢外婆菜园一样年轻
唤我小名，指尖轻轻戳我的眉心

偷得浮生半日闲

荫丽娟

哪里有半日之闲。中年的生活是:
一点点加温的水
一点点加重的包。
秋天的景致此时已行走在另一条小路上
远天越来越空洞。
我的一百个旧身影互相重叠,在十字街口
我的一百个金色念头离开了枝头,四处飘零。
浮生究竟是怎样的人生境界呵
事实是
我陷入了一盏尘世灯火的明暗中
我背负着所有情感的砝码,在岁月的河流里
左右摇摆
随波漂荡。

安 慰

马 非

其时我正在做饭
放学归家的儿子
来到我身边
这是他的习惯
看有什么吃的

"好美啊"
我以为儿子说的是
盘子里的油炸大虾
看他的视线不像
他正目视窗外

那时夕阳西下
正把最后一抹光辉
涂染在冬日里
一片荒凉的
红褐色的北山

我鼻子一酸
养儿十余载
还是第一次感觉
辛苦没有白费
心头充满安慰

腾冲的月亮挨过来

王小妮

偶然回头被它吓了一跳
怎么会有那么大。

不出声地紧跟着
就在背后,又凉又白
已经不能再近了。
那张圆脸,能把人吸进去。

赶早班飞机的路上
天还完全黑着。
为什么它白晃晃地紧追不舍
还有点失魂落魄
像要张嘴说话
它浅色的头发都在乍起。

想到这是腾冲
我背后没理由地跟着个它。
高黎贡的山尖还没有一丁点光亮
人间孤魂太多了。

桑多河：四季

扎西才让

黑措镇的南边，是桑多河……

在春天，桑多河安静地舔食着河岸，
我们安静地舔舐着自己的嘴唇，
是群试图求偶的豹子。

在秋天，桑多河摧枯拉朽，暴怒地卷走一切，
我们在愤怒中捶打自己的老婆和儿女，
像极了历代的暴君。

冬天到了，桑多河冷冰冰的，停止了思考，
我们也冷冰冰的，
面对身边的世界，充满敌意。

只有在夏天，我们跟桑多河一样喧哗，
热情，浑身充满力量。

也只有在夏天，我们才不愿离开热气腾腾的黑措镇，
在这里逗留，喟叹，男欢女爱，
埋葬易逝的青春。

如数家珍

牛庆国

每搬一次家
我都会丢掉一些东西
第一次丢了一些旧衣服
第二次丢了一些旧家具
第三次把父亲唯一留给我的
一个炕桌也丢了
今年秋天是第九次搬家了
除了从老家带出来的这个旧身体
再没有一件是旧东西了
但身体里的好多东西也被弄丢了
最初丢掉的是一身的乡土
接着是嫉恶如仇的脾气
再接着就是年轻的时光
还有健康
还有曾经的追求
和对一些东西的蔑视
想想那些丢了的东西
一件件如数家珍

两代人的爱情

文 西

我爱过许多男人
每一次都用尽全力去爱
每一次都爱得遍体鳞伤
为了在母亲面前完好如初，我只能
像一只苹果，腐烂从苹果核开始
一层一层向外蔓延，外表总是新鲜的

母亲也爱过许多男人，最爱的是父亲
她常在白雪飘飞的夜里诉说——
二十年来，她一直思念他
二十年来，她像一只桔子
表皮一点一点枯萎，她逐渐衰老的身体
在我面前暴露无遗

杏　树

冯　娜

每一株杏树体内都点着一盏灯
故人们，在春天饮酒
他们说起前年的太阳
实木打制出另一把躺椅，我睡着了——
杏花开的时候，我知道自己还拥有一把火柴
每擦亮一根，他们就忘记我的年纪

酒酣耳热，有人念出属于我的一句诗
杏树也曾年轻，热爱蜜汁和刀锋
故人，我的袜子都走湿了
我怎么能甄别，哪一些枝桠可以砍下、烤火

我跟随杏树，学习扦插的技艺
慢慢在胸腔里点火
我的故人呐，请代我饮下多余的雨水吧
只要杏树还在风中发芽，我
一个被岁月恩宠的诗人就不会放弃抒情

大风歌

刘 年

找袜子的时候,看到了口琴
铜,黄土高原一样,锈迹斑斑

琴声起,青海青;琴声落,黄河黄
流浪的少年,总带着铜质的口琴

含着铜,如吻别冰冷的唇
深夜的风,少年一样,翻过围墙,开始狂奔

大地,是一支重音口琴
春风吹,青苗青;秋风吹,黄豆黄

月 光

刘 春

很多年了,我再次看到如此干净月光
在周末的郊区,黑夜亮出了名片
将我照成一尊雕塑
舍不得回房

几个老人在月色中闲聊
关于今年的收成和明春的打算
一个说:杂粮涨价了,明年改种红薯
一个说:橘子价贱,烂在了树上

月光敞亮,年轻人退回大树的阴影
他们低声呢喃,相互依偎
大地在变暖,隐秘的愿望
草一般在心底生长

而屋内,孩子已经熟睡
脸蛋纯洁而稚气
他的父母坐在床沿
其中一个说:过几年,他就该去广东了。

我们怎么了

刘海星

烦闷的上午，
什么都看不进去。
拿起卡佛的小说，
一个失业的男人，蜷曲在沙发上，
一直待着，流满一地的冰激凌，
闪烁的电视画面，无聊的香烟在上升。
窗外，一段秋雨的末端，停靠山边，
深翠在起伏。
拿出手机，掂量了好久，
还是给女儿发了一条短信，
"你还好吗？"
"你干吗？怎么了？"
"我是你的爸爸，我问问你，
怎么了，我们怎么了"？
生硬的回答袭击了我。
深秋时节，一场秋雨，一场寒，
我加了一件衣服，还是冷，
又加了一双袜子，
背上发凉，
我开始翻找，过冬的棉背心。

午休时间的海

江红霞

午休时间的海,呈现一片香槟色
一个女人拎着高跟鞋,独自
走过沙滩,在几个放风筝的孩子跟前
停下来。她深呼吸,面朝大海
整个世界像在太空漫步
她的工作地点可能就在附近,一家公司
或者机关里的一间办公室,午休时
有人打扑克,有人侃大山
有人要眯一会儿
她坐在沙滩上,细数心里的沙子
海风挪动她额前的刘海,她忽然笑了
低低地。后来,她起身
离开这里——海风用力推开的
商贩叫卖声的地方
恋人海誓山盟的地方,失恋的人
结束自己的地方,疯狂的人
狂欢的地方,孤独的人独处的地方

如果你也坐在海边的咖啡店
透过玻璃窗,欣赏午休时间的海
你会和我一样爱上这片沙滩
爱上柔软潮湿的沙子
爱上众生,以及那个拎着高跟鞋的女人
她的脸上,充满了太阳的光辉

最后一击

汤养宗

多么想我也有那最后一击。那个
叫铁板的东西一下子被洞开。空气里
发出彻骨的穿透声。有人
终于承认,事情有了定局
打铁铺里的锤子退避在一旁。看戏的人
曲终人散。投机者,收拾起担子
落寞地回家
正是这一击,跃跃欲试的拳头,在暗处
偷偷松开。躁动的身体再一次
被叫作身体。明月
重新被万家安静地共望
流水清凉,淙淙的淌过谁无邪的梦乡
我又被我的仇敌称兄道弟

致我们已然逝去的青春

巫　昂

我跟几乎所有的同事都没有联络
时隔多年
我只想知道这种决绝是否意味着
天气的稳定系数不够
我的性格像钢丝绳儿
上面无人独步

朋友从十个变成五个，三个，一个
去公厕蹲一会儿的机会
越来越少
道边树
依然是香椿、榆树和法国泡桐
想反抗来着
但不知对象是谁

想成家
把袖管卷起
跟他一起包包包子，做做春卷儿
夜半；一道醒来
谈谈往事、伤痛、傻里傻气的七十年代
在你我之前，管它洪水滔天

如果一首诗里出现了车祸

轩辕轼轲

如果一首诗里出现了车祸,就有可能是诗人下笔有些超速
使两个甚至更多句子撞到了一起,由于每个句子承载着不同的事物
这场车祸也变成了事物之间的较量,在诗里饱受诟病的坚硬
显而易见占了上风,在诗里深受青睐的柔软就成了更柔软的
让一些目光迅速切换成了泪光,这首诗让诗人的思路也出现了拥堵
是视而不见拐进一条欧美风格的十四行,还是停下来像爱心大使一样
拉着一个被撞掉偏旁的词拉呱,使他的指头在键盘上迟疑了一会
正是这几秒让他华丽转身,实现了从学院派到口语的友情切换

诗有时是小麦有时不是

沈浩波

如果你见过小麦
闻到过小麦刚刚被碾成面粉时的芳香
我就可以告诉你
诗是小麦
有着小麦的颗粒感
有着被咀嚼的芳香
这芳香源自阳光
如同诗歌源自灵魂

诗有时是小麦有时不是

如果你见过教堂的尖顶
凝视过它指向天空如同指向永恒
我就可以告诉你
诗是教堂的尖顶
有着沉默的尖锐
和坚定的迷茫
你不能只看到它的坚定
看不到它的迷茫

诗有时是教堂的尖顶有时不是

如果你能感受到你与最爱的人之间

那种永远接近却又无法弥补的距离
在你和情人之间
在你和父母之间
在你和子女之间
你能描述那距离吗？
如果你感受到但却不能描述
如果你对此略感悲伤
我就可以告诉你

诗是我与世界的距离

要对得起诗

张洪波

牛汉先生在去世前
写过一首《诗的身体》
笔迹很难辨认
是他的儿子史果逐字逐句整理出来的

我在很多场合
给朋友们读这首诗
读得很多人静悄悄
之后是爆发给牛汉先生的掌声

牛汉先生写道——
"当我死去
我定要回到我的诗里
我知道哪一首诗可深深地埋葬我"

牛汉先生还写道——
"有的诗是给别人挖的墓穴
作为我墓穴的诗有许多
我只能在一首诗里安息几天
再去另一首诗歌里
我变成了一只蝴蝶"

想先生了打开他的诗集
到每一首诗里去找他
他每次都会和我说话
我的眼前和心里
到处都是飞来飞去的蝴蝶

一首一首地重温先生的诗
他一次次地出现；
笑着对我说：洪波
你可要好好写诗
要对得起诗

照镜子
—— 中年的自画像

阿 民

竟然是如此的不堪
锐气锈蚀沟壑纵横的那张脸
简直就是一张被岁月揉皱的纸
然后随手丢弃在我的眼前

昨天的太阳已经转身
——连招呼都不打
它只是让秋风和落叶捎个话
并用它们的锋利在这脸上豁出拙劣的纹路

其实再怎么洗也是白洗
层层的风霜已经生出根来
每洗一次都会洗掉整盆的青春
心痛到都不忍倒掉

木讷浑浊黯淡
苍老卑微犹疑
这些强盗攻克了这张脸上的所有据点
而且还修筑工事，准备坚守到同归于尽

唉！这个时候这张老脸
照镜子越看越模糊

空

陈 亮

父亲走了,上完五七坟,我和母亲
就开始清理他的遗物,几双袜子的
脚后跟处都打了补丁,几件衣服
都洗得发白了,几双胶鞋还粘着泥
——都被我们按照风俗拿到坟前去烧了
那辆被他开了十几年的拖拉机
也让二舅帮着卖给了邻村的李三
小院一下子空了很多,常过来歇脚的小鸟
在半空就习惯性地眯上了眼睛
却一脚踩空,急急扇动几下翅膀
惊慌失措折身飞走了。阳光依旧
习惯地想把它的玻璃放在上面
却啪的一声——摔碎在了地上
闪着刺眼的光。很久了,母亲蹲在门口
愣愣地望着这块空场,自己言语道:
一下子没了这个铁家伙,还真闪人
——她的声音发抖,抖落几片
梨树的叶子,说完了就背过身去
用手捂住眼睛,儿子问她怎么了
她说是秋天的沙尘,然后低着头
跑回自己的屋子,屋里也是空的
有一个人在墙上用温暖的眼神望着她
这时候,外面突然起了风——这些
被遗弃的孤儿,拍着门窗,撕着
墙头上的狗尾巴草,发出呜呜的声音

一切都可能改变

林 莽

一切都可能改变
在我每天走过的街上
风从另外的方向吹过那几棵针叶树
它们弯曲的姿态
多像几个异常谦卑的人

一切都可能改变
以前的顽童远走他乡杳无音讯
那个白衣少女何时成为了体态圆润的妇人
我匆匆的脚步变得迟缓
那些岁月在时钟的指针下一点点消逝
老树长出了新芽
我身体的某些部分以前习惯的事物
如今不再适应
时局更迭某个夸夸其谈的人变得沉默
某年某月他成为了自己的阶下囚
有些朋友总想固守疆土
有些熟人永远地离开了你的视野
我的窗外四季分明
那几棵银杏由青翠转为金黄
而冬青总是墨绿的
但它们渐渐长高
掩住了那条窄窄的甬道

现在那只棕色的玩具犬走过时
我只能看见它的主人牵着的那条狗绳

一切都可能改变
我的头发渐渐地白了
有些事情也许不再重要
可我盼望的事情一直没有发生

而许多事情潜在的意蕴
经年累月已经改变了原有的味道

这首诗写给母亲

非 亚

八十出头,最近一次,自己
坐动车回梧州
在车站,我送她到站台
我站在扶梯上,而她选择
楼梯,背着一个挎包,身材瘦削
但脚步轻快,半个月后她突然
从梧州返回
有一个晚上,她坐在她房间的
书桌前,低头看书
头发花白几乎和细花衣服混在一起
后来我,在隔壁
吹风扇
突然打了喷嚏,然后几分钟后
她走到我房间的门口,微笑地
看着我……
妈妈,想到你,我总是有些恍惚
这,有些像某一个晚上
我一个人
在五中的操场,看到一枚老月亮
她温柔的光芒在空中
如此长久地
照耀着我

挽歌：生死别
——给亡弟

胡 澄

3月5日凌晨，夜色浓稠
我们列队，在谷口，等你
天亮时
你从山上被抬出来
大雨淋着你僵硬的身体
也淋着山坡恣肆的桃花
你脸色蜡白，伤口鲜艳
我一遍一遍抚摸你
仿佛这样抚摸，能减轻
你的疼痛。我用身体护住你
跟你耳语
怕一些人当你是无知者
久久地
我们将你扛在肩头
仿佛这样扛着，你就不会
变成泥土
你的弟兄们抱着我嚎啕
告诉我，你存活于他们中
雨水将我们的哭声
淋成泥泞，浊涧横流

六十二岁的大哥忙着给你找坟地

你妻子茫茫然坐上公交车
但不知要到哪里去。忽想起
百货大楼有一件你喜欢的衣服
她去付了钱

再次谈到大凌河

柳 沄

下午喝茶的时候
再次对朋友谈到大凌河
谈到十九岁的我
跟一株稻秧似的
被那个年代插在了那里

谈到河畔的稻田
那么平坦那么一望无际
你理解它们时它们生机勃勃
你鄙弃它们时
它们一片荒芜

谈到歇工时
我坐在河堤上想家
过往的船,让
长而蜿蜒的河水
有了远方

谈到每年的八月河水暴涨
如短暂的经期混浊又汹涌
这一切使大凌河母性十足
使之前之后的灌溉
无异于哺育

如今我不在那里
我不在时，十九岁的我
依然跟一株分蘖、抽穗
继而扬花、灌浆的稻子
差不多

想兰州

娜　夜

想兰州
边走边想
一起写诗的朋友

想我们年轻时的酒量热血高原之上
那被时间之光擦亮的：庄重的欢乐
经久不息

痛苦是一只向天空解释着大地的鹰
保持一颗为美忧伤的心

入城的羊群
低矮的灯火

那颗让我写出了生活的黑糖球
想兰州

陪都借你一段历史问候阳飏人邻
重庆借你一程风雨问候古马叶舟
阿信你在甘南还好吗？

谁在大雾中面朝故乡
谁就披着闪电越走越慢老泪纵横

峁上的树

高若虹

在黄昏的时候
看见了那棵树黑黑的
像站在峁上的一个人

我从峁上下来时
并没遇见它
回头它就像突然从洼里跳出来的

仿佛走夜路的乡亲
弓着腰倒背着手
树上的鸟巢是背着的包袱

再回头它仍然在那里一动不动站着
我想它就是站在那里
默默地数着村里还能有几盏亮起的灯

喂虎记

唐 力

我喂给老虎九个灵魂,老虎
一口吞下。当它咆哮,九个灵魂
齐齐地一起咆哮。只有一个灵魂在外边
沉默不语
我喂给老虎以虚空,老虎
一口吞下。它的形体膨胀、膨胀
慢慢消失,虚幻的形体,充塞整个天地
让我们活在它的身体中
我喂给老虎以火,老虎
一口吞下。一团烈火,烧过它的头颅
眼睛、肝脏、肺腑
直到它自身成为火——虎火
当它纵身而过,森林燃起
熊熊大火。在焚烧中,森林依然存在
我喂给老虎以水,老虎
一口吞下。它与水相融,相互混合
不断地瘫软、降低、溶解
最后伏在大地上,像一张透明的虎皮
我拉来一个庞大的镜子
我喂给老虎以它自己,老虎
相对而立,面面相觑
它们逡巡、试探、小心翼翼
都想吃掉自己,但又无处下口

我喂给老虎以风,老虎
一口吞下。风穿过老虎的身体
老虎还是老虎,风还是风
老虎回头一咬,如同咬向自己的
尾巴,风闪身避过,冷冷而立
我喂给老虎以墨,老虎
一口吞下。它浑身变得漆黑
但词语,仍以墨的形式
流动在脉管里
隐藏在无边的黑暗中
我喂给老虎以死亡,老虎
拒绝就食。在浑圆的落日之下
它昂头,张开大口
报以一阵金黄的虎啸

在燕山上数星星

韩文戈

那一年,我们站在燕山数星星
就像站在家族的祠堂里,念叨古老的姓名
当我们数到哪颗星
哪一颗就在银河里亮起来
当我们念叨哪个人
哪个名字就在族谱上变得清晰

我们在燕山上数星星
它们躲在树林里、月光里、悬崖上的花簇里
就像玉米、高粱被种出来
诗被你写出来,字被另一些人从词典里挑出来
而残酷的青春,过早的死亡,无知的孟浪
被我从即将消失的人群里找出来

鸟群挟裹的星星,在夏夜下起暴雨
黄昏在黄昏峪乡弥漫,夜晚在夜明峪的山谷飘动
泉水在水泉村四溢
在燕山的天穹上,椭圆的星空正在铺展
犹如树冠张开,住满星宿
而我们很小,发着光,跟数不清的微尘住在大地上

怀孕的农妇

韩宗宝

再过几天就是小满了
村里的槐树
开着很白的槐花
风里有蜜蜂和香味

放蜂的人戴着面纱
在空地上割蜜
她喜欢蜂蜜
远远地站着看了一会儿

再有几步就到家了
刚才她步行去了趟教堂
他嘱咐过她几次了
要她不要出门

他说没事就在炕上待着
好好地坐着累了就躺躺
她嘴里应承着
可还是一个人出来了

他去距这不远的城里打工
家里的很多器物都是他做的
婆婆还没过来

说好了近期就会来的

她一个人在家
有些闷有些寂寞
她喜欢看邻家的小猫小狗
她的眼睛里有蜜

不用过多久
这房间里就会多出一个人
她的腹中就会少一个人
这真让人期待

她又有些害怕和慌乱
应该怎么安排孩子
今天在教堂里的时候
她认真地祷告过了

星 空

蓝 野

乡村小学的复式班上
五年级的一个学生坐在我们一年级中间
他就是大头
脑袋大如箩筐，个子矮如木桶的大头
一着急，脸就红彤彤的着了火的大头

五年级的大头坐在我们一年级中间
坐着稳稳的老大交椅。
他有火柴，带我们去点荒草，放野火
他偷来西瓜，苹果，柿子
看着我们瓜分那些生涩的果实

五年级之后，大头去了生产队的牛栏做牛倌
据说接生过一只比自己身子还大的小牛
又去了后山做护青员
满山奔跑着撵走吃青草也吃庄稼的牲畜

突然失踪半个月的大头从水库里漂浮上来
脚上竟然决绝地捆绑了一块石头。
村庄是最容易忘记的，大头的传奇
也仅仅是
他在中学门外大声念着自己发明的英语
叽叽咕咕，女孩子们吓得绕道远去

十几年过去了，村里的老房子
翻新成高大明亮的新屋
只有大头的妈妈，还守着大头住过的小黑屋子

拜年时，我们吃惊地发现
黑黑的小屋子四壁，甚至山墙，房顶
用粉笔画满了星星
月亮，太阳，银河系，还有模糊的云图

"都是大头画的。"我们站在小小的房子中间
眼前是繁星满天
是矮矮的少年大头的星光灿烂

我还是说出了……

代 薇

我还是说出了溜冰场，那已空无一人的往昔
多少年之后的傍晚，我没有开灯，在你的照片上踉跄、滑倒
还有一次，影碟机里传出一句对白，我听得那分明是你在说话
西南风掠过地铁站台，像你的手臂掠过我的肩膀
一天深夜，走过街角，听见身后有蹑手蹑足的跟随
我停住，等脚步声靠近，感到一阵熟悉的呼吸触动我脑后的发丝
一回头，你的脸在飞旋的落叶间迅速散尽
我张开手指，触到你留在风中飞扬的衣襟

熬镜子

西　娃

我正在照镜子
锅里熬的老鸭汤
翻滚了
我没来得及放下手中的
镜子

它掉进了锅里

这面镜子
是外婆的母亲
临死前传给外婆的
外婆在镜子里熬了一生
传给了母亲
在母亲不想再照镜子的那一年
作为家里最古老的遗物
传给了我

这面镜子里
藏着三个女人隐晦的一生
我的小半生

镜子在汤锅里熬着

浓雾弥漫的蒸气里
外婆的母亲从滚汤里逃出去了
外婆从滚汤里逃出去了
母亲从滚汤里逃出去了
只有我在滚汤的里外
用手紧紧捂住自己的嘴

轨 道

朵 渔

窗外下着雨,人行道上的女孩
头发湿漉漉的,不时侧过身来
在男孩的脸颊上轻轻吻一下
男孩背着包,双臂环抱,伸手
在女孩的屁股上捏一把
隔着玻璃的哈气,看不清外面
但有一种青春的快意洋溢其间
还有某种似曾相识的失落的残余
一些美好的东西并不一定拥有
一些美好的人也只是短暂相遇
唯有自身的罪过会跟随一生
自身的罪,以及一些难言的隐衷
隐秘如房间里不绝如缕的钟表声
嘀嗒,嘀嗒,嘀嗒,像一列火车
静静地数着轨道上的枕木。

管管十八岁

龙　泉

十八岁那年
管管即将离开大陆
妈妈看看他
他看看妈妈
（一个黑影斜背着一杆长枪）
过一个海峡，到海南岛
又过一个海峡，到台湾
管管无忧无虑，又无奈
无亲无故，又无依

管管十八岁
在风里癫，在雨里疯
在阳光里笑，在月光下悲
嬉笑怒骂，天马行空
一个跟斗就到妈妈眼前
浅浅的海水敌不过深深的思念
深深的思念敌不过薄薄的岁月
（他告诉过妈妈，过几天就回家）
妈妈看着他，他看不到妈妈
管管十八岁，无牵亦无挂……

管管写诗，诗如管管
管管唱戏，戏如管管

管管画画，画如管管
他的天空里有一架载满野马偏离航线的飞机
他的身体里有一头歪着脑袋奔向原始森林的野驴
他的牛仔衣就是他的化身

管管是神，不是人
管管是人，不是神
他脑袋开花异香扑鼻
他张着大嘴奇妙无比
——管管，多大了？
管管今年八十有一啦。

同床共眠

刘立云

睡觉的时候他从来不脱内衣
从来都是先把灯扑灭
在黑暗中进入
像个贼

他黑?这是当然的。看得见的地方
像夜晚那么黑,像煤炭那么
黑。看不见的地方
她从未看过,虽然她是有资格看的

就是个农民。蛮野粗黑那种农民
连做那种事也像耕地
下死力气
喉咙里传出咕噜咕噜
牛饮的声音。她感到他是在用骨头硌她
用铁硌她
那么冰凉尖锐,那么硬

那天,他躺在那里还是不脱内衣
这次他是不得不要脱了
这次她帮他
脱

六十年后。终于，她被这个人吓坏了
被他满胸膛丑陋的疤
被他满胸膛丑陋的疤歪歪扭扭
标着的那些地名

比如娄山关，比如大渡河
比如雁门关，比如黄土岭

六十年，她发现在她的床上
睡着一只老虎

在精神病院

江一郎

他拉着我,神秘兮兮问我
你知道我是精灵,对吗
接着,沮丧地告诉我
他已经丧失隐身和飞翔的能力
因为翅膀丢了,
环顾四周,又用不屑的眼神
打量身边人,愤恨地骂道
瞧这些杂碎,我怎么
可以混迹于他们中间
贴着我的耳朵,他继续细声诉说
多少个夜晚,他在梦里回到故国
见到慈爱的老母亲
但那些杂碎一尖叫,梦即破碎
泪流满面地惊醒
他一边述说,一边深信不疑地看着我
用力摇我的手,他说兄弟
你也是一个精灵
来拯救我的
我们回去,现在就离开这该死的地方
然而,当他用另一只手,摸我的
背脊,他大惊失色
兄弟,你的翅膀呢
喊过之后,抱着我号啕痛哭

惠福早茶

苏历铭

琥珀色的茶水映入吊灯的铜坠
我怀疑瓷碗里的茶叶
是飘落下来的铜锈
每次置身广州,我的脑海里
总是浮现出女学生梳着干净的短发
身着白衣和蓝粗布裙,手举彩色纸旗
在大街上高呼革命的口号
她们来自清末,消失于民国
眉宇间除去爱情的初醒
更有拯救民众的道义
她们受孕于理想,分娩着现实
信仰的床单上滴满生命的血迹
期待后代不再流血
有人却变成母亲的敌人
我喜欢肠粉的香滑
其上的青菜碎末
弥漫着乡野的清香,用舌尖轻轻细品
稻谷竟沙沙作响

手持灯盏的人

余秀华

她知道黄昏来临,知道夕光猫出门槛
知道它在门口暗下去的过程
也知道一片秧苗地里慢慢爬上来的灰暗
她听到一场相遇,及鼻青脸肿的过程
她把灯点燃

她知道灯盏的位置,知道一根火柴的位置
她知道一个人要经过的路线以及意乱情迷时的危险
她知道他会给出什么,取走什么
她把灯点燃

她是个盲女,有三十多年的黑暗
每个黄昏,她把一盏灯点燃
她把灯点燃
只是怕一个人看她
看不见

我的车位前曾有一棵樱花树

林　莽

春风掠过时我漫不经心
层叠于枝干上的花朵轻轻地颤动
我打着发动机
车退向一棵刚刚长出叶芽的小小银杏树
初春　有着一年中最新的事物

而后便是夏日飞临
掩去北方短暂的春日

而后便是秋风和冬雪
许多计划随着时间流逝
曾经潜在的希望也已无法落到实处

转过年来的春风中
我突然惊觉　我车位前的那棵樱花树
不知什么时候已不翼而飞

四处春意盎然
而曾在我面前的　这丰盈而充溢的美色
何时化作了一缕飘飞的青烟
那棵我车位前走失的樱花树
看见过我春日的倦怠和心不在焉
生活　一些无端的失落

也许无须再找到它的归宿与理由

春风掠过时
我转动方向盘　车徐徐向前
生活又进入了新的一天

人民广场的樱花又开了

高　文

人民广场的樱花又开了
花朵像翅膀飞过眼睛
夜光里，人们纷纷来到树下
拍照，遛狗，放风筝
一阵南风吹过来，人们的惊呼声中
花雨纷飞，两个小女孩
忙不迭地拢着小手，捡拾花瓣
我对 19 岁的女儿说
这是单瓣樱花，开得早
你回学校时，替我去看看洪楼樱花
多瓣的，盛开时像一个温暖的故事
"那棵让我感动的大树，也该开花了"
女儿漫不经心地答应了
我却沉默了好久——
其实，她去看了也不一定感动
对每个人而言，有故事的花开才叫美丽

玉门关

王 琰

这是班超的玉门关
李白的玉门关
王昌龄的玉门关
诗歌如青草
长满玉门关

没有宫阙万间，只一个关隘寂寞耸立
后来玉门关做了羊圈
有一个豁口
供羊群出入

兴亡，百姓苦

人生之惑
——送儿子去印度求学

王子文

静极了，无尽的烟雨
围着小屋，像无尽的烽烟
围困着小小的城

聊话间，母亲却打起了盹
——母亲老了
像一枚熟透的柿子

而火车已经来到村边
这去到迷茫深处的火车
吸上了我的儿子
便披着烟雨走远
我的隐忧该向谁去诉说呢
我只能忍住内心的
疼

药罐"咕咕"响着
屋子里充盈着熟悉的草药的苦味
静静地，我为母亲守着药罐
而耳朵总听见
山外缥缈的汽笛声

那天我们行驶在乐安路上

平　庵

行驶在公路不久,开车的继业说
东边是我们村,母亲和兄弟们现在还住在这里
西边是我家墓地,父亲和先祖都埋在那里
在那里……我,和兄弟们也都给自己划好了位置

开香坐我右边。她说,我不用那么麻烦
只要埋在我喜欢的一棵树下
如果你们看到这棵树每年都开花
就说明我对这个世界还算满意

好像每个人都要说点什么
我说我喜欢海,是海的女儿
将来让儿子把我的骨灰撒在大海里
你们看到的每一朵浪花都是我的欢笑

只有曲柳一声不吭,他靠着椅背
坐在副驾座上不知在想什么。夏日的阳光
穿过玻璃窗进来,照得他稀疏的头顶
闪闪发亮……

悲 伤

李克利

突然想起多年前某个冬日，某个平常的
下午，火炉上炖着猪骨汤
妻子绣十字绣，儿子画儿童画
滚烫的火炕上，母亲听收音机里
播放吕剧《借年》，时不时会跟着哼唱
桌子、沙发、床上，堆着好多本书
是我和父亲喝茶时经常聊的话题
如今，儿子去了济南求学，妻子疾病缠身
而我，成了被母亲遗弃的孩子

记忆不容易忘记，时光里弥漫的
美好和幸福，那时不懂得珍惜
有谁和我一样悲伤？
我问潴河滩的芦苇，芦花是父亲满头的
白发，刺眼，只能加重我的凄凉
我问门前的柿子树，这个季节
裸露的枝干已经习惯了沉默
我问田野里干枯的荒草
它们也不说话，我听到断断续续的哭泣

一棵蓝色的树

邹 进

在路上
有一棵蓝色的树
一棵蓝色的树
树是蓝色的
一棵蓝色的树

春天,我走进山中
在荒芜之地,它稍纵即逝
我的白色的马
踏着星星般的蹄音跑来跑去

在流淌着车轮的路上
有一棵蓝色的树

在我疲劳的时候
在我将睡未睡之时
有一棵蓝色的树

席子和阳光一道展开
江上漂满了硬币
有许多的船和孩子
在他们中间
有一棵蓝色的树

远处,只剩下了房子
沙鸥被距离淡出了
现在,我只记得
有一棵蓝色的树

树是蓝色的
一棵蓝色的树

木底秦水库

鲁若迪基

几年的光景
几个美丽的村庄就消失了
一面水做的镜子
照着那些失去故乡的人
翻过一座座山
现在,绿水泛着的泪花
还在波光里荡漾
夜里,星星的眼
在水里醒着
多少年后
没有人知道
这水面下的村庄
曾生活着怎样的族人
当他们背井离乡的那天
怎样喊着祖先的魂灵
让一条河在身后哭泣

在微山

方石英

可是我还在喝酒,尽管整座小城
都睡了,都在梦里做一个好人
那又如何?重要的是我还醒着

微山,微山,空空的城
荡荡的月光洒在微子墓前
也洒在张良墓前,万顷荷花已败
秋天早已深入骨髓

可是我还在喝酒,幻想一把古琴
断了弦,高手依然从容演奏
弦外之音,驴鸣悼亡也是一种幸福

微山,微山,微小的山
不就是寂寞石头一块
异乡的星把夜空下成谜一样的残局
趁还醒着,我喝光,命运随意

枯　枝

布　衣

一截长长的枯枝还在树上。它死了，可它
还在树上，前端已经腐烂，看上去就要被风吹断
它的四周生长着新鲜的叶子和枝丫，这增加了它的隐蔽性

它死了，可这棵树还活着。因此，它的一端连接着
健康的树的枝干——原本它们是一个整体
现在，一边是生，一边是死
它们有了区别——就像时间的过去和现在。是的
对于这棵大树而言，枯枝常有，而且必然坠落
但未来的新生也正在神秘的孕育之中……

地心的蛙鸣

老 井

煤层中，像是发出了几声蛙鸣
放下镐，仔细听
却不见任何动静。我捡起一块矸石，扔过去
一如扔向童年的柳塘
但却在乌黑的煤壁上弹了回来
并没有溅起一地的月光

继续采煤一镐下去
似乎远处又有一声蛙鸣回荡……
谁知道，这辽阔的地心
绵亘的煤层，到底湮没了多少亿万年前的生灵
天哪！没有阳光、碧波、翠柳
它们居然还能叫出声来
不去理它，接着刨煤
只不过下镐时分外小心
怕刨着什么东西（谁敢说那一块煤中
不含有几声旷古的蛙鸣）

漆黑的地心我一直在挖煤
远处有时会出几声
深绿的鸣叫，几小时过后
我手中的硬镐变成了柔软的柳条

猫

小 西

它从那个人的怀里挣脱
跳到走廊里。经过我时
停下来,凝视我。
镶嵌在毛发中的两粒玻璃球
折射出冷漠的光。

我背靠窗子站着,手里抱着暖瓶。
金银木茂盛得让人伤心
我的父亲,躺在病床上
额头渗出大滴的汗水
他也有一只猫
正用疼痛喂养着,日益肥硕
他的身体,很快就要装不下它

我的学生

王单单

最初我不喜欢赵小穗
遇到谁都怯生生的
某次她在作文中写道：
妈妈，我的眼泪不够用
每次想你，都省着哭

这让我心头一紧
趁其不在，忙向其他同学打听
大家异口同声地说：
她爹死后
她妈就走了
她妈走的时候
她还小

同学们回答得那么整齐
像是在背诵一篇烂熟的课文

想起父亲

札拉里·琴

春节的时候,兄妹四人终于和母亲
在雪乡团聚

要分别的那天
忘了是谁小心地提到父亲
——哥哥和姐姐想起为父亲沽酒
我说起父亲的自行车
妹妹谈到家长会上父亲胸前的大红花

快三十年了。我们四个孩子的心里
都活着自己的父亲
永远四十五岁的父亲

快三十年了
父亲留下的苦,母亲一个人扛了
父亲错过的福,母亲一个人能享受多少呢

说到这些时,我们都不约而同
更紧地靠拢着母亲

该怎样跟大字不识几个的母亲说荡漾

东 篱

母亲百日时，其他坟上的草
已没了小腿肚
油绿、齐整
仿佛出自园艺师之手
微风一吹，我脑海闪现出荡漾
五月的麦浪
初冬的芦苇荡
晨曦里的鸡鸣
月光下的蛙鼓
我想用这些熟稔的事物
跟大字不识几个的母亲说
如果不是因为母亲的新坟
土还湿热
这些大地拱出的斗笠状土包
身披绿蓑衣
头顶青焰火
我几乎脱口说出：
真好

养蜂车

刘 年

买辆养蜂车，装 200 只蜂箱
我们住的驾驶室，摆台 12 吋的黑白电视

随香而栖，逐花而居
六月开往伊犁，看啊，西天红得发紫
——薰衣草开了

九月开往高原，酿苜蓿蜜
冬月开进罗平，酿菜花蜜

不看花的时候，就看你
看你吃琥珀色的巢蜜
看你将十根手指，一一吮吸干净
看你伸出舌尖，舔着上唇

写到这里，有词语嗡嗡的蠕动起来

避雷针

刘泽球

我见过的第一支避雷针,是家属区马路对面
缫丝厂高耸的烟囱顶上,一截尖细的矮桩
像一枚被煤烟熏黑的粗铁钉
那时我以为它是戳中了闪电,才让闪电
不至于掉下来。但它是如何捕捉住闪电的?
按照一个儿童的想象力,铅灰的上空
一定密布着许多这样的触手
尽管我看不见它们全部
那个时候,我还不知道我们的县城
从上面看下来会是什么样子
那根烟囱是我童年时代
见过的最高建筑,我从没有尝试爬上它
它投下的影子一直穿过半个县城
我们钻进缫丝厂的铁丝网外墙
往裤兜里塞满卵石般的蚕茧
和胖乎乎的蚕蛹,每当我们抠它们身体下部
它们的头就会转着圈地扭动,仿佛
也在捕捉什么,像烟囱顶上的避雷针
那些细细的茧丝如同被编织起来的闪电
在阳光下,发出密匝、锐利的光
我的目光往往被烟囱,被木棍似的避雷针
引向高处,乌云、雨水和闪电
在那里集合,我屏住呼吸

惊讶地望着这些天上的事物舞蹈
仿佛是避雷针让它们获得了生命
多年以后，我明白它其实是用来摆脱闪电的
如同我们一生都在努力
用什么可靠的东西摆脱命运
它在我们内心深处，投下震颤和重量
那些下着雨的天空，一定有人
站在倾泻的高处，俯瞰下来
县城像一台老式收音机拆开的电路板
它正等待被击中，"哗啵"的闪出火花

走山路，有了初潮

余修霞

郧庙路那时还没名字
石子路沿鄂西北群山打转
一会儿上坡，一会儿下坡
从吴家咀到大柳中学
拐六个弯，翻一座很陡的大山
看到山垭子那边的电线杆时
我的小腹涌出了一条温热的河流
和同龄的燕子描述的感觉一样
不会错，它终于来了
比同龄人晚了一个季节
比我远离大山早了整整六年
剩下的路，我一口气跑完
跑得稍慢，害怕秘密会滴在山路上
跑得稍快，害怕那血红的溪流
比预料，更快地跑出身体
它流动得矜持，曾一度中断
我怀疑是生理构造出了小差错
背包里的书和远方，跳得忽快忽慢
叽叽喳喳地给十三岁的我出点子
我徘徊在乡政府旁边的小卖部
像做贼一样，买了一包洁白的秘密
拆开它们，试图堵住那条溪流
我越堵，它流得越远

从鄂西北流到四川盆地，流到江城
流过青春、落叶、街道和城中村
甚至在梦中，鲜红的颜色溢出郧庙路
把天空中来来往往的云朵都染红了
连同那些掌握不好速度的奔跑
时而中断，时而膨胀出大股大股鲜红
我怎么努力，也没看到山垭子拐角处
那根引领着青春和远方的电线杆

我不忍去看秋天的火车

秀　枝

我不忍去看秋天的火车
它奔驰在五色缤纷的原野上
它每前进一步，都要炫目一次
都要空爱一次

它穿越一片片泣血的枫林
车轮掠起一团团落叶，慌乱地舞蹈
一声呼啸惊呆了田里的割稻人

它要作别：越来越高的天上的云朵
越来越瘦的地上的草木
越来越衰弱的奔赴的河流

它放下晨露、花朵、鸟鸣
放下丰盈、盛大、暖
它接近灰暗、空寂、苍茫、寒凉……

我不忍去看秋天的火车
轰隆隆的火车，瞬间而过的火车
它将等待的人遗弃在路旁
却带着孤单的孩子走向陌生的远方

山 冈

林 莉

从祖父、祖母、大姑小姑们居住的
山冈上走过
父亲用手指了指对面的不单山
"日后,在那里
只要你们一回来,我都能看见"

这是春天的山冈
刚下过一场雨
我们低声说着将要到来的那一天
我们的声音滴着水
怎么这么快
我们就到了
要平静谈起身后事的年纪

放眼过去
漫山杜鹃湿漉漉的开着
它们,也像一群心里有灯的人
不用努力
亦是善良的
亦有一个好去处

怎么能这么快呢
新土刚刚挖开
我们的脚边
杜鹃花重叠着杜鹃花

不安之诗

武强华

晚上散步，隐约看见
对面走过来一个人。我猜想
他背着吉他或大提琴
一定是个艺术家

路口的灯光下，终于看清楚
这个穿着破旧工装的男子
背着一捆废旧的纸板
匆匆过马路去了

整晚我都有点莫名的不安。好像
那个人窘迫的生活与我有关
好像，我对这个世界无知的幻想
无意间伤害了那个人

清晨的散步

赵亚东

我在天色渐渐变亮时,去飘荡河边
散步。我知道,比我更早到这里的是
一股凛冽的寒风,撕开东边的天幕
让我能够远远地看见村庄里
那些早起的人家,正在打扫院落
去城里的马车也刚刚上路,几个年幼的孩子
纷纷跳上去。叫了一夜的黄狗
此时变得温顺,在草垛的一角
凝望着一弯新月。我珍惜这样的时辰
也将在更明亮的一天,给我的儿子写信
但是我不知道我要写些什么
我无法描述这些贫寒的人们,是怎样
守护他们隐秘的快乐。我也无法说出
在刚刚过去的夜晚,是什么力量
让我从岁月的枷锁里挣脱

夙 愿

祝立根

站在怒江边上,我一定羡慕过一只水鸟
贴着波涛的飞翔。
离开故乡我穿过了怒江
回到故乡,同样需要。
有过一次,在怒江的吊桥上我反复地
走去又走来,反复地
穿过怒江,迷恋着脚下的波涛和胸中
慢慢长出迎风羽毛
那是一个灵魂出窍的黄昏
滔滔江水就像朝圣者,手捧着烛光
仪式般的行走一直持续到了我的梦中
那天晚上,在江边旅馆
我一再梦见一只水鸟,在辽阔的江面上
飞翔,像在寻找着什么,又似乎一无所求。

追 忆

侯存丰

十年前,我还是一家修车铺的小学员,
每日收工后,在阶前喂食白鸽。

那时我十九岁,拥有白皙的脖颈,
喜欢上一个在印刷厂做工的女孩。

美好的生活从此开始:一起撒米,
一起在顿河边钓鱼,一起睡觉
岁月悠然成为简单的缩影。

今天,当我翻开这些书本,
仍能从中感到,租赁小屋的清幽、峻峭。

我欢快地哼起了歌儿

徐 晓

她们都熟了,像一粒粒
饱满的浆果,颤颤地摇晃在枝头
而我,还没有长大
刚刚从深草中露出蘑菇的头
我看见的天空蓝得没有杂质
六月就要到了
我也穿起了翠绿的连衣裙
裸着一双光洁的腿
微微鼓胀的乳房,被她们取笑

但心里藏着喜悦
去见一个人的路上
空气是甜的,让人发晕
他的样子,早已刻在我的眼睛里
我就要长大了,真好
路旁的枝叶沙沙的摇晃起身子
我欢快地哼起了歌儿
仿佛是一枚羞涩的果子
刚刚露出了它的鲜艳和清香

不可避免的生活

黄沙子

在汉河高中,我度过单纯的,也许是这辈子
最单纯的三年,我们中的一些北上的北上
南下的南下,最为亲近的几个,其间也小聚过几次,但更多的人
我没留下什么印象。偶尔听说某某发财了,某某已经死了
每当此刻我都会满怀愧疚,因为真的想不起来
一点也想不起来,谈话至此陷入沉默,仿佛他们的不幸,是我造成的。

有时候我也会回到洪湖,在母亲墓边小坐
看放鸭人将鸭子吆来喝去。我知道最肥美的那些
最羸弱的那些,都将在秋天被宰杀
但来年春天,会有更多鸭子加入,这循环往复的过程
早已被我熟知,那群少年啊,也曾在辽阔的水田中嬉戏
也曾被驱赶着奋勇前行。

两个普通大兵的瞬间

韩文戈

硫磺岛战役结束后
硝烟尚未散尽
一个美国大兵就点上了一支烟
他俯身把烟卷塞进刚交过手的敌人的嘴里
那是一个濒死的日本兵曹
他残破的身体半埋在弹坑
他渴望死前能再吸上这么一口
于是长着络腮胡子、斜背卡宾枪的美国兵
就点上了这支烟
他俯下身去塞给了那濒死的敌人
硝烟迟迟不散,一张黑白照片
完好地保存了
"二战"期间硫磺岛战役这个小片段
到如今,硝烟里的人类又过了八十年

旧　事

潞　潞

他不知道父亲为什么放开他
刚才他们还说着话
父亲突然走向路那一边
他和一个人搂抱在一起
手在那个人背上拍着
他隔着马路远远看着
听不见他们大声说些什么
两人互相递着香烟
然后那里升起一团烟雾
他们身后有株巨大的槐树
开满了白花，香气浓郁
他开始踢地上的石子
让过路的人都知道
这是一个讨厌的小男孩
此时父亲忘记了他
过了很久　也许只是一会
父亲重新拉起他的手
还在他头上撸了一把
可是小男孩一声不吭
他们就这么走着
他能感觉到父亲脸上的笑
后来他一直没机会问父亲那是谁
他知道父亲这一生并不快乐
甚至深埋着无人知晓的痛苦
但那一次父亲是真的高兴

最后一点活

梁久明

总是这样。有的人将最后一点活
扔在地里就不管了
任大雪覆盖、北风刮走
就像一篇文章
一路铺排下来
到了结尾却如此潦草

旁边的苞米地里
那些秸秆长短不一地站着
身上留有烧焦的亮黑
我还在一棵一棵地割着
然后把它们拉回村
垛在它们应该在的地方

其实,比较起所下的力气
这最后一点活真的没什么价值
而我就是喜欢
收笔的干净利落

交 换

崔宝珠

一只灰地鼠窸窸窣窣的穿过草叶
它啜着露水说它看到过
天与海的界限
海中升起的月亮远比你们看到的
大而明亮
母地鼠们成群踏着草尖上的月光跳舞
我请求它让我看看
那个世界的月亮
它们的、蚱蜢、蟾蜍的
它提出与我交换身体
那夜
家人说看到我
在逼仄的房间里踮起脚尖站立
双手交叠着举起来
像在祈祷
我真的在梦里看到了
草叶间升起的月亮
在天海之间
车轮一样骨碌碌滚动
而那晚一只灰地鼠
获得了半个夜晚
独自仰望
窗角一颗小行星时的莫名忧伤

松拜的新娘

王　晖

松拜的新娘老了
在老军垦的视线里模糊成一滴泪
五公斤水果糖迎来的娘子
是否还记得那一条睡了十五年的
开满了牡丹花的棉花被子

松拜的新娘老了
63公里边境线紧紧抱了她五十年
苏木拜河　沙尔套山　中亚草原
是清贫的土坯房最传奇的后花园
那湿淋淋的云常常降落伤感的雨

回老家已成了渺不可及的一种虚幻
出来时十七岁　一个年少的闺梦人
爷娘唤女的哀声远在长江边的小村庄
西北之北这个戍边的女子成白了头发
籍贯地　有什么能经得住这么久的眺望

麦子　油菜　土豆得到了她的喂养
吃着土豆长大的儿女又降生了儿女
墙头上一只小黑鸟在喂着另一只
紫苏释放的幽香越过了边境线那边的农庄
背枪的小战士见了生人就会害羞得脸红

松拜的新娘老了　这片土地在挽留她
家门口微风中的薰衣草在虚构世间的神话
褪色的衣襟被紫色的烟云撞了满怀
那一串串的花穗结着青春的发辫
遍地的风情没有留下任何遗憾的空白

顺手捋一把　就可以缝制一个香荷包
那些河边的　井畔的　黄昏天窗下的记忆
在北方的界河边上——零落——风干
那个拉郎配年代中忧戚了一生的新娘
以不确定的火苗点燃了绵延几代人的炊烟

迎春花开了的时候

刘成爱

迎春花开了的时候
柳树也开始吐絮
我在写一封寄往天堂的信
写着写着
所有的字都变成了嫩黄
这时候,母亲
正和两个孙女在空地上放风筝
晨光下
母亲的身体金光闪闪
我试着用相机去拍
却发现母亲在一点点消逝
像一片上升的云彩
慢慢淡入天际
我擦完眼泪
再去擦镜框里的母亲
感觉她的眼角有些潮湿

我是被时间磨损的废品

那 萨

下山时,他们正好上山
我用四目巡视,他用微笑迎向
与老人们碰头、碰脸、拥抱
嘘寒问暖,母亲说
小时候我和他是认识的
帅气,灿烂
仿佛,我是被时光磨损的废品
杵在人们问安的路口
羞涩地,不知所措

黄 花

李 庄

我已记不清是 2004 年还是 2005 年夏天
去的韩国。在三八线南侧的一座桥上
我看到了那幅照片:泥土浅埋
一只钢盔生锈的弹洞中伸出一枝黄花
我已记不清摄影家和黄花的名字
记不清钢盔属于哪方部队
更无法知道钢盔被一颗什么型号的子弹
击穿。那个戴钢盔的人是谁

那枝黄花从那个人的额头里生长出来
在我的脑海中摇曳

滚烫之日

张雁超

卧室门留下两声愤怒脚踢
那时,我女儿在澡盆里玩水
惊异地扭头接上我挤出的鬼脸
露出她新生的小牙齿对我笑
又放心地继续玩水
一整个晚上她都很乖,趴在我肩头
小手圈着我脖子,嘴里一直说着
她仅会的发音:爸爸、抱抱、宝宝
就像知道我是一个需要安慰的人
入夏后,气温骤升
窗外虫鸣大面积剥落,空中蒙着一层
淡白色焦躁声响
这狗日的生活多滚烫啊
她的妈妈在卧室里哭
我的妈妈也在卧室里哭

一串珠子散落之后

陈小虾

匆忙抓起电话,逐一打过去:
外公、外婆、父亲、母亲、丈夫
又低头摸一摸肚里的小 baby
——确定,在人间
我们依旧一起
串在一根绳索里
之后,才把珠子拾起
数了数,少了一颗
再一阵心慌
一边打了自己一个耳光
一边念着阿弥陀佛
相信自我惩罚
就会被赦免,被原谅
或躲过什么

白鹭赋

邰 筐

不是《诗经》里飞出的那一只
不是惊飞破天碧的那一只
不是一树梨花落晓风的那一只
不是一滩鸥鹭里
惊起的那一只
不是翘立荷香里
窥鱼的那一只
…………

那些都是白鹭中的白领，都太白了
它们作为鸟类中的大家闺秀
和文人骚客攀上亲戚，成为相互矫情
和意淫的工具，被他们反反复复
描绘得那么美
那么不合群众路线

这是落寞的一只。像个鳏夫
它以八大山人的技法
在龙虎山下，一块水田里
遗世而独立
我用长焦镜头把它拉近，再拉近
它既没有想象中的白，也没有想象中的美
身子蜷着，脖子缩着，翅膀耷拉着

上面还沾着一些黑泥点

毫无征兆地，它全身的毛
突然耸起，一条鱼瞬间被叼进嘴里
它接着腾空而起，像一团飘起的白雾
越飘越远，很快就散了
只留下一个凶狠的眼神，似乎还久久地
在镜头里盯着我

那些笨槐花

幽 燕

小时候,我曾长时间仰望它的花瓣
怎样自树端簌簌地飘落
没有香气,也不悦目,很快铺满路面
有风的时候她们会沿街奔跑
又忽然犹疑着停下
仿佛一群并不出众的姑娘
总爱顺着大溜生活
那时候,槐北路行人稀少,被笨槐树巨大的
树冠遮盖得幽暗清凉
长长的暑假,我和小伙伴
捉树上垂下来的"吊死鬼"吓哭更小的孩子
踩着路上细密的绿虫屎去同学家写作业
时光,仿佛街边呆立不动的笨槐
迟钝、滞重,沉默地陪着一群盼望长大的孩子。
不像现在,是飞奔火热的年代
槐北路已显逼仄,经常塞车
那些伙伴,也四散在各自的命运里
生活中的泪滴,仿佛笨槐结出的豆荚
在各自的枝叶间一簇一簇,若隐若现

盛满月光的院子

梁久明

推开院门，恍若突然看见
整个院子一下子盛着满满月光
看见那些家什沉在里面
挂在屋檐下的是上午用来铲地的锄头
立在墙角的是下午用来挖土的铁锹
它们没有一点疲乏的样子
个个神态安详
院子中央的压水井
墙根下的两只柳条筐
井边的洗衣盆和旁边的一块石头
都不是白天看见的模样
都像刷了很薄的银粉晾在那里
一声鸡啼是梦中的声音
狗老远就听出了我的脚步
在我进院时一声不吭
双脚试探着移动
最后停在院子中央
我不知道月光照在我身上的样子
我想，肯定跟照在家什上不同
月光透进了我的身体
我不会像那些家什
在月光移走之后
又回到原来的灰暗中

傍晚经过你的城市

熊　焱

动车在经过你的城市时停下来
夕阳正衔着房顶，晚风正吹集暮云
下车的旅人如席卷的江水
同行了一段长路，一旦分散
也许就成永别

那些年我们在这里穿过霜降和谷雨
背影青葱，步履蹁跹
最后一次分别时细雨如酥，天空为谁哭湿了脸

现在时针抵达了六点，秒针嘀嘀嗒嗒的奔跑中
是我们在马不停蹄地赶路
是我们颠沛的人生，有时一阵酸，有时一阵甜

我突然想下车去找你
我突然想大河倒流，时针逆行
我们又一次穿过茫茫人海，在十字的街头相见
岁月苍茫，风为我们掸去白发和细雪

这是二月的傍晚，我经过你的城市
动车只停留了十分钟，却仿佛跑过了漫长的岁月
夕阳正衔着房顶，晚风正吹集暮云
我临窗远望，浩荡的大江正在蜿蜒穿城
一去不回，整夜整夜地为谁压抑着悲声

在冶勒湖

马嘶

暮色中有黛、有黧、有缟
有彤……湖水漫向群山
近乎天堂
彝人兄弟埋头宰羊,寡言
旷野幽暗,人们矮于火苗。羊倒挂
四蹄剑指星空
剖开的胸膛冒出缕缕白烟
但它一直努力保持着羊形
我们形骸放浪
不成人样
手中浊酒,洒向湖面
那一夜,醉后大词用尽
清晨离开,羊骨成堆
像座小小的土庙
我深鞠一躬,不敢人语

苹果树

杨 方

那时候伊犁河边的杏花风一吹就落
河那边察布查尔的领地里散落着孤独吃草的马
锡伯族人在落日旁升起了细细的炊烟
烧茄子和烧辣子的味道顺着南风就吹进了
你家土墙的小院子
那些夜来香，那些葡萄架，那些墙头上小小的太阳花
那些俄罗斯风格的门窗玻璃明亮
镶花边的布帘子遮住了童年

多少往事。不能忘怀的还是那棵苹果树
每次回来我都要在树下坐上一整个下午
你母亲端来奶茶，杏干，葵花籽
她本来也应该是我的母亲
小时候为我梳麻花辫
现在在我面前小心地不提到你

看来这不只是我一个人的痛
你从青苹果中探出脸喊我的小名
然后虫子一样钻进苹果里不见了。恍惚是昨天
你钻进我心里，一小口一小口地咬
坐在树下我常常会被突然掉落的苹果砸中脑袋
就像你在一个什么地方伸手打了我一下

你母亲已经包好了韭菜和芫荽的饺子
我好羡慕院子里那些一生都能在一起的韭菜和芫荽
它们绿得那么一致,老了就一起开出细碎的小白花
多么像两个青梅竹马的人
一起长大,又一起幸福地白头偕老

如 初

李阿龙

仿佛是刚刚发生的:
初中的教室,书本的清香,老师拿着半截
粉笔,给我们讲一首诗

"长亭外,古道边,
芳草碧连天。晚风拂柳,笛声残,
夕阳山外山——"

一束柔和的光透过窗子
刚好落在黑板、老师的袖口上
一颤一颤的

那时,我还不懂得,什么是分别
总喜欢,看你
云霞染红的长发、脸颊

最初的东西,现在还是那样清晰,纯净

古松,古柏

武兆强

颐和园后山
那些被称为老先生的古松古柏
在掉完最后一枚牙齿之后,开始掉
三百年针叶,四百年松果,五百年柏球
开始掉斑驳树阴,灰白鸟屎
掉春雨,掉冬雪
掉蝉群的低吼,日月的流光
掉树冠上摔下来的风,掉灰喜鹊和野鸽子的争吵
掉越来越薄的记忆,掉枝杈相互爱抚时的只言片语
当一切可以脱落的都已离开
最后只剩下松脂柏油
剩下它们紧紧粘在一起的理由

黄昏时偶然发现
一只叫不上名的小飞虫
正以琥珀的金黄姿态拼命想进入里边

野　岭

周　簌

当野岭上的油桐花
以散落的簇拥的白，有如野火
白晃晃地缀在雨后辽阔的新绿里
我仍旧是一个悲观主义者
陷入了自己的不幸

灵岩寺的一名扫地僧
正在打扫石阶上的落花
他不停地扫，花不停地旋落
落花瓣瓣
皆为他半生的痴嗔怒怨
他一直扫下去
直至把这些附属之物
扫出他的心际
就可以洁净地面对佛了

而我，已经不再对谁满怀期望了
请把那朵火熄灭吧

画手表

大 解

在女儿的小手腕上,我曾经
画出一块手表。
我画一次,她就亲我一口。

那时女儿两岁,
总是夸我:画得真好。

我画的手表不计其数,
女儿总是戴新的,仿佛一个富豪。

后来,我画的表针,
咔咔的走动起来,假时间
变成了真的,从我们身上
悄悄地溜走。

一晃多年过去了,
想起那些时光,我忽然
泪流满面,又偷偷擦掉。

今天,我在自己的手腕上,
画了一块手表。女儿啊,
你看看老爸画得怎样?

我画的手表,有四个指针,
那多出的一个,并非指向虚无。

卖 针

小 西

有人卖楼,卖车,卖酒肉
她在卖缝衣针。
有人卖毒,卖肾,卖青春
她在卖缝衣针。

她慢腾腾地摆着
每一包大小号齐全
每一根都无比尖锐

我想蹲下来问问:过去能不能补
人心能不能补
这个世界快得漏洞百出,有没有办法补

告 别

王家新

昨晚,给在山上合葬的父母
最后一次上了坟
(他们最终又在一起了)
今晨走之前,又去看望了二姨
现在,飞机轰鸣着起飞,从鄂西北山区
一个新建的航母般大小的机场
飞向上海

好像是如释重负
好像真的一下子卸下了很多
机翼下,是故乡贫寒的重重山岭
是沟壑里、背阴处残留的点点积雪
(向阳的一面雪都化了)
是山体上裸露的采石场(犹如剜出的伤口)
是青色的水库,好像还带着泪光……

是我熟悉的山川和炊烟——
父亲披雪的额头,母亲密密的皱纹……
是一个少年上学时的盘山路,
是埋葬了我的童年和一个个亲人的土地……
但此刻,我是第一次从空中看到它
我的飞机在升高,而我还在
努力向下——辨认

但愿我像那个骑鹅旅行记中的少年
最后一次揉揉带泪的眼睛
并开始他新的生命

记忆：糖

牛庆国

那么热的天　父亲从县城回来
从兜里掏出一把糖
不用猜　肯定是 8 个
我们兄弟姊妹每人一个　共 6 个
一个给奶奶　一个给母亲
我们嘴里噙着糖的那个下午
阳光都是甜的
那块小小的糖纸　被我舔了又舔
直到把颜色都舔淡了
这才贴到墙上
像一张小小的奖状
父亲看我们的眼光　也很甜

过了好些天
不记得我做了一件什么好事
还是受了什么委屈
母亲从贴身的衣袋里摸出一颗糖
是那天的那颗
她拨开糖纸　咬了一半给我
把剩下的半颗又小心地包好　装了回去
那时　我看见母亲也咂了咂嘴
只是剩下那半颗糖呢
是后来给了弟弟　还是给了妹妹

或是给了奶奶呢
半颗糖　让我想了好久

那时的糖　怎么会那么甜呢

荆轲塔是件冷兵器

石英杰

微光渐渐退去。这件冷兵器
遗留在空旷的大地上,只剩一个剪影
像小小的刺
扎进尘埃,扎在诡秘的历史中

将枯的易水越来越慢
像浅浅的泪痕
传奇泛黄,金属生锈
那名刺客安睡在插图里

天空下,那个驼背人
怀抱巨石一动不动
他的头顶
风搬运浮云,星辰正从时间深处缓缓隐现

夜雨寄南

东　涯

大雨将至，我不知该对你说些什么
窗要关好
车子不要停在低洼处
如果一定要外出，记得带伞
不要在大树下避雨
也不要因为天光晦暗而难过
有些时候有些雨，注定会淋湿我们
现在，大雨已至
我要对你说的话，不比天上密集落下的雨点少
它们带着甜菜的气息
带着海洋里蛤蜊的气息，还有沙漠里的
鼠尾草的气息……所有这些
都化成酒的气息
这时如果我想起你
内心的潮水
绝不逊于这场大雨所带来的洪水
但我什么也没说
只是看着大雨落下来
想象"思君若汶水，浩荡寄南征"
想象一滴水
奔向另一滴时所发出的光芒

离别轻一点好

代 薇

站台上，嬉笑声推着行李箱
一群年轻人在送别
没有眼泪和心碎
就像高铁时代
丧失了距离与远方
现在似乎只有死别才是别了
科技太发达
在一起，不在一起
早就是肉身的事了
离别显得没那么重要
想起多年前毕业
和一个同学去搭公交
他去火车站，我去码头
分手时走了好远
回头看见他还站在那里
朝我挥手……
一生一次再见
再也没有见过
一代人渐行渐远
寡言中离别，沉默中回忆
离别轻一点好

蝴蝶消失

玉 珍

我遇到一只蝴蝶
它很大,离我很近
像曾在外公葬礼上见过的那只

那是他出殡后的清晨
一只蝴蝶在我们中间飞舞
停在了我手上,一动不动

这样持续了几分钟,在棺材抬起的时候
它突然朝山那边飞去,消失了
那是我外公的墓地
他们抬着棺材穿过那座桥
走向那座山
太阳像蝴蝶的眼睛那样望着我
它是冷的

在寒冷的千重山之下
我的外公像蝴蝶消失那样被埋葬

我和你的样子
——给女儿

灯　灯

黄瓜花在清晨，是嫩黄的样子
不比天牛在黄瓜叶上，天线接收旧信号
不知所措的样子
亲爱的，这也不是我想描述的
我和你的样子
雨在昨夜下过，其中一些
落进你少年的梦中
梦中，你拼命抓住考题、作业
你拼命
想看见花开
雨水滑过睫毛栅栏
我在梦外
守着你，但守不住雨水
这也不是
我描述的，我的样子
你经历我从前没有经历的生活
所以你不可能成长成我
有一天
你会像我一样不知所措，像我一样
担忧、沮丧、挫败……
那时，你和我的样子不同
但相似
你会想起我，而我想起我的母亲

给妹妹

安 琪

但我早已预知，一切的结局，譬如你，譬如我
都是我们自己决断的
一切的结局，都没能，给父母，带去美好的
关于此生的回忆
我们都是父母的坏孩子，我们用一连串的恐慌
把父母训练得，胆小如鼠。

悲 欣

余笑忠

母亲不好意思摊开皲裂的手
只用手背摩挲婴孩的面庞
她的曾外孙女,来自湖南
她说:要是你太爷见了,不知道有多欢喜
她又笑话自己:我说的话,你也听不懂哈

这是父亲辞世后的第一个春节
开春的太阳,暖和得像在做梦

甜

余秀华

向白要白,向雨要水,向你要你啊
向梦要梦,要一个纸做的人
在路灯下留下影子
向天要理,向地要情
向现在要一个过去
而过去,不过是现在倒映在池水里
你告诉我,哪一种爱不曾违背天理
哪一种毒没有裹满甜蜜
这甜蜜,在你的舌尖上
如一条闪电
击溃一树盛开的合欢
如警笛,呼啸而来
如此,我怎敢向这深井般的夜晚
要一个黎明

迷 途

孙方杰

没有多少爱,多少事物,让我告别
故乡已经回不去了,我想和童年的伙伴
灯深夜语,有的已经故去
有的已经被生活逼成了哑巴
我想成为他们寻找拯救的向导
而自己却走进了迷途

谁能够给我忠告和解脱
谁能够为老年送回青春,为孩子送回童真
为少女送回梦想和爱情
我在刹那与漫长的光阴之间
看孤单和大风,在流年轻度中隐现

我路过了母亲怀胎,十月分娩
路过了少年轻狂,青春张扬,还在路过中年的彷徨
我还活着,还能扬鞭驱骑,寻找更远的路途
看着流星滑落在明亮的海面
我恍然明白,我就是月亮的一次盈亏与圆缺
一粒尘土的升起又落下

蚂 蚁

羽微微

如果把那只蚂蚁放大
像只鸟儿一样大小
我们就不会那样掐死它
轻易地,毫无罪恶感地
因为痛苦的表情,能看清了
扭曲的身体,能看清了
乞求的或愤怒的眼睛,能看清了
甚至能听到呼号的声音
但现在不是,蚂蚁太小太小
小得像装不下痛苦
小得像没有装上一个真正的生命

太阳重新升起

张执浩

我曾在故乡的小山顶上
目睹过太阳升起的全过程
之前有过很多次
之后很少再有这样的机会
哪怕是现在我坐在秋阳里
身体散发出烤红薯的气味
说你爱她,就应该憋红了脸再说
说过后自己也面红耳赤
再也没有这样的机会了
当你和我一样远离故乡的山顶
登完泰山后又来到海边。
说你爱她,就应该云淡风轻
让她拽着你的衣襟
大声问:"你再说一遍?"
而此时你已经挣扎着跑远
回过头来看见
她的头发在燃烧
她的脸你一生只见过一回
之后每一次再见都是重现

戒备之心

陆辉艳

那一年,父亲捧着我的大学录取通知书
又欣喜,又忧愁
天黑了,他去了堂伯家
坐下来还没开口
堂伯就开始骂他的大女儿
我的堂姐,职校刚毕业
一声不吭,勾着头
蹲在火塘前烧一锅饭
干竹枝燃得噼噼啪啪的
后来父亲双手空空
退出那扇门,仍听得见
堂伯骂人的声音

偶尔我回老家
将要经过堂伯家
远远地,抱着孩子的堂姐
就会闪进屋子里
十七年了,她仍然对我
怀有一份戒备之心
而她不知道,我对世界
怀有的谦卑之心,足以贴近地面
熄灭胸腔里噼啪燃烧的竹枝

风雪：美仁草原

阿　信

好吧，在五月
泛出地表的鹅黄我们姑且称之为春意。
迎面遇见的冷雨亦可勉强命名为雨水。
但使藏獒和健马的颈项一次次弯折
并怯于前行的冰雪呢？

我深信这苍茫视域中斑驳僵硬的荒甸，
就是传说中的"凶手之部"——美仁大草原了。

是在五月。
是在
拉寺囊欠[1]中的佛爷都想把厚靴中的脚指头
伸到外面活动活动的五月啊！
我深信这割面砭骨的寒意后面，
一定是准备着一场浩大的夏日盛典——
赛钦花装饰无边的花毯，
斑鸠和雀鸟隐形，四周
散落它们的鸣叫之声。

我深信这苍茫视域中斑驳僵硬的荒甸，
就是传说中的"庇佑之所"——美仁大草原了！

---

[1] 囊欠，指藏传佛教活佛府邸。

祠 堂

林 珊

在炊烟越来越稀疏的故乡
唯一还保持原貌的，只有祠堂
众多的先祖，在年复一年的祭祀里
不断获得告慰。一九八七年的天空下
我曾在祠堂的侧厅里读幼儿园
二十多个眼神清澈的孩子
尚不懂得敬畏，也不明了生死
课间休息时，我们围绕着神龛做游戏
快乐的笑声一阵高过一阵
有一次，村里的一位老人辞世
朱红的棺木在祠堂里停放了三天三夜
我们在放假，天空在下雨
身披袈裟的和尚吹起声声唢呐
出殡仪式结束后，当我们重新回到课桌前
弥漫的硝烟，遍地的碎纸屑
并没有让我们，感到慌张和恐惧

家 人

侯 马

我父亲高中毕业后
有一趟事关命运的远行
他骑自行车
先去看了一位老师
老师家锁门
他就去了更远的一个女同学家
女同学把她的妹妹
许给了我父亲
返程时
我父亲又去了老师家
老师提出把女儿许给他
我父亲说刚才
芬南已经把玉珍许给他了
我深知我母亲家族
男性忠厚勤劳
女性贤惠美丽
世界上也还有其他多灾多难
又美好善良的家庭吗
我可能由另外一位女子
带到这个世界上来吗
这虽然是父亲的命运
我也完全看作是我的命运

春 忆

侯存丰

早些时候，大概 2015 年四五月间，我去赴一场诗歌交流会，那是大学生诗社组织的小型活动。就在这次诗会上，我结识了 An，一个端庄聪慧并在以后的岁月里不断给予我无限欢愉的女孩，那天，她穿着浅蓝色牛仔外套，翻领匀称如翅。

诗会结束后，我们约定夜晚一起游平湖，这是离学校很近的一座开放式公园，我本科的时候去过几次，对中心湖的音乐喷泉印象深刻。由于双方都有点迫不及待，出行时间被大大提前，我们走出校门，顺着公路一侧的建筑物行进——当我们躺在床上，述说着这次约会时，An 总会不无温柔地提起，在横过马路时，我向后伸出手她接住我的手的那份自然，说这是命中注定。

我不否认。即使现在，我们共同居住在虚无的房间里，看着你熟睡的面容，轻微的呼噜，我仍以书页裹遮长颈台灯，这样我能离你更近点。

群山里的灯

俞昌雄

同学朱奶根头一回去省城，看到
彻夜不眠的街道人流，他哭了
想起自己执教的那所群山里的学校
那夜里昏暗的灯
他狠狠地拍了一下脑门
天就亮了
我去过那里，一个叫当洋的地方
村庄挨着村庄，峰峦连着峰峦
长尾鸟噙着溪涧的梦
而溪涧的下方，总能听到
唯一的一所小学那琅琅的读书声
朱奶根就在那里，如本地植物
他曾无数次赞美他的学生还有那
脚下的土地，可是
他无法消除弥漫眼角的雾气
还有肋下私藏的草木腐朽的气息
每当夜幕降临，他就守着校门口
那盏孤灯，群山不动声色
虫鸣咬人耳根。他的梦是一片
带露的叶子，在黑漆漆的世界里
他时常默念我写下的句子：
空山无一物，灯为字，我近星辰

青野之乡

谈雅丽

蓦然想起我爱过的你,想我从田野回来
你故意躲避着我
让我感到十分痛苦

你穿深蓝短袖,阳光下满脸温和如水
如果我回头看你,你会不觉中露出
紧张和尴尬

想起翠绿稻田,我把田埂越拉越紧
只有铁轨令人炫目地延伸
将我送向了远方——

从此后我假装忘记了你
故乡的临湖小镇在梦里回荡
摇动的水柳,圆脸铜钱草
整日下个不停的细雨啊……

从此后我每次做梦,都想问:"你,爱过我吗?"
每次你默不作声,漆黑的眼睛
就像故乡远逝的——青野之乡

倘若喜欢

桑　眉

喜欢一个人是什么感觉
我们都知道
你的喜欢与别人的喜欢有什么不同
你却不知道

我的喜欢是十八岁的
从约会开始
手牵手过马路
电影散场后拥抱依依惜别
站台上与车轮一起奔跑

有一天你突然立在我经过的地方
我会飞扑过去
仿佛蝴蝶出茧
仿佛生命中最初最后的投奔
从此，白昼有南风夜晚有星辰

我的喜欢是崭新的
不因为人到中年积满尘灰
我的喜欢是梦境的
要用无数虚构来排练

（颤抖的
要用手掬着的
口含着的
用胸膛不灭的焰火烘烤着的……）

藏　剑

商　震

新办公室的一角
放个一米多高的仿古花架
摆了盆兰花
兰花长得俊朗飘逸
与花架浑然一体

原来挂在书柜上的宝剑
我把它摘了下来
抽出剑身一看
发出月亮照在雪地上的光

我不能再把剑
明晃晃地挂在书柜上了
要严严实实地藏到兰花后面
除了我
没有人能看出
斯文的兰花后面
有一柄装满寒风的利刃

偷生记

臧海英

我用另一个名字
把写作中的我,和生活中的我分开
我多么想,摆脱自己
狼狈不堪的命运
这段时间,我的文字里
果然都是清风明月
虚构出来的幸福,比现实还要令人感动
我也真就以为,自己多出了一条命
从此过上了另一种生活
而被我弃于现实的那个人
常常闯进来,让我不得安宁
她塞给我一地鸡毛
让我承认,那才是我
让我承认,偷生于另一个人的生活
是多么虚妄
逃避、怯懦、自欺欺人
——我也为此羞愧过
但我真的不想,在困境里一而再
再而三地挣扎下去

摸天空

江一苇

小时候,父亲很喜欢将我举过头顶,
让我伸出手触摸天空。
他常常会问我:"摸到了什么?"
我回答:"月亮,星星。"
"还有呢?"
"还有白云,水一样,流过指缝。"
父亲欣喜地对我说:"将来你长大了,
就可以自己摸天空。"

后来我终于长大了,
我却再也没有触摸过天空。
不是我不想,而是再也没有人
会像父亲一样,能不厌其烦地听我说谎,
每一次被骗,都显得那么高兴。

是什么让海水更蓝

冯 娜

我们说起遥远的故地　像一只白鹭怀着苇草的体温
像水　怀着白鹭的体温
它受伤的骨骼　裸露的背脊　在礁石上停栖的细足
有时我们仔细分辨水中的颤音
它是深壑与深壑的回应　沼泽深陷于另一个沼泽
在我的老家　水中的事物清晰可见
包括殉情的人总会在第七天浮出——
我这样说的时候是在爱
我不这样说的时候，便是在痛
即使在南方
也一定不是九月　让海水变得更蓝
我们彼此缄默时
你在北方大地看到的水在入海口得到了平息

我对他们爱

吉 尔

只有库车河了解我的品性
只有库车河懂得我静默的骄傲
它用三十年培养出我麦芒一样的皱纹
明亮，也是硬伤

这，像肋骨一样的语言
常常让我泪流满面

我喝下库车河的水，泥沙俱下
胃里泛起旋涡，隐隐作痛
我是个中毒极深的人，要靠逆流而上
才能心安理得
可我一生都没有躲过洪水般的宿命
每个写诗的人，身体里都住着一处海洋
用来吞吐词语的泡沫

我身体里居住着凶猛的河流、暴雪
和花瓣，中医说我的身体呈寒性，勿熬夜
食凉性食物，可我偏爱那些凉的事物
雪、冰块、命里带霜的人
我对他们的爱，使我一生都没有过罪恶感

青梅花

敬丹樱

她埋头拾青梅花
姐姐攥紧拖杆箱拐过燕子坞时
她已兜了满满一衣襟

一个姐姐,带走了更多姐姐
她们脚下生风,再美的青梅花也留不住

她把花朵装在瓷碗,又换成玻璃罐
城里开不开细白的青梅花,枝头才是她们
最恰当的归宿吧

不两年,就到她了
汽笛声里,更多青梅花
落下来

只想投奔爱情

金小杰

我和我的行李箱并排站在路边
像瘦弱的骑士和小马
这些年来
我把我住过的房间统统塞进箱子
它们或窄或宽、或小或大
但都盛不下肩头的大雪、眼底的夜色
推开一扇扇木门
别再劝我放下手中的行李
也别再劝我平躺在床上
等另一个不相干的人
残杯冷炙，我得到的
也仅仅只是一张床和一间用来等死的房子
与其说成爱情，不如说成一场交易
那些男人想用钱
买下我小腹深处最美的春天
走了，万水千山
终究会遇见一位怀揣火焰的男孩
他会接过我手中的缰绳
递来一碗热水
闭口不谈家境、职位、工资
只把我的那双
血肉模糊的脚，轻轻地，护在胸口

婴儿与乳房

康 雪

以前不知道,天生柔软的乳房
能变得比石头还坚硬
不知道石头里有河流
河流里有怎样壮阔的温柔与暴力
这暴力是婴儿独自承受的。

以前不知道
不是一生下婴儿就能成为母亲
不是掏出乳房就能轻松地
喂养这个世界
是婴儿,以非凡的耐心
慢慢教会一个人成为了母亲。

是婴儿
让普通的双乳有了潮起潮落
有了月亮一样的甜蜜盈亏
是婴儿,平衡了一个母亲乳房内部
与外界无垠的疼痛。

用声音打一个银器

刘 翔

每当满月升起
银匠们开始工作
他们的土屋里发出
"叮咣、叮咣"的声响
樱桃木的小锤子
就是这样,敲击在银盘上

而你把银匠们的手艺
带到了雪山上
带到了溪水边
你把银器放在无言的远方
从此,白银开始流浪
哦,戴长命锁的女郎
哦,用银簪锁住夜之发髻的女郎
你用声音打一个银器
用声音、月光和白雪打一个银器
再加进去你自己的呼吸
让碎银子
在你心的坩埚中融化
你用声音,打一个银器

你用声音,打一个银器
还注入了一汪静水
露珠与鸟的眼睛
一起在树叶间等待黎明

六月的鼹鼠

刘立云

六月，我是作为一只鼹鼠而存在的
为儿子的升学打洞，为躺在
病床上挨刀子的妻子
送饭、买药，开着车从城东反复跑城西
身后仿佛有条狗在追赶
气喘吁吁，拖着猩红的舌头

我也拖着猩红的舌头，以笨拙的爪子
在坚硬的泥土中挖掘啊挖掘
当我顺着微弱的光芒
把儿子小升初的洞穴打到校长门前
压住洞口的是一块巨石
有人悄悄指点说，要炸开这块巨石
起码要捆绑一个三万元的炸药包

妻子那边还好，我只用了四千元的炸药当量
但疾病在她的脖子里埋下了一颗
烈性更高的炸弹
病理切片指出，这颗炸弹一旦爆炸
轰隆一声，足以炸翻我这三口之家

我六月的天空电闪雷鸣，眼看要下雨
下冰雹、下刀子

我知道我无论如何绕不过去
只能躲在地下,挖掘啊挖掘,挺进啊挺进
让指甲渗出的血染红刨开的泥土

擦星星的人

麦 豆

晚上十一点,昏暗的灯光下
有人在翻书,有人在深拥
有一个人蹲在河边

他的身旁堆满了
从天上掉到地上的星星
肮脏衰老的星星

晚上十一点,他蹲在河边
用布蘸着河水小心地擦拭着每颗
他把擦干净的星星扔进水里
让它们重新回到天上

我默默、远远地望着神秘的擦星人
就像望着孤独、美和光明的使者

这个人是谁?从哪里来?
擦星星是一门古老失传的手艺吗?

渐渐地,他仿佛发现我在看他
就化作一阵黑暗融进了深夜
擦星人是真实存在还是我的幻觉?
抬头仰望,天上的星星仿佛从未来过人间

一个女警朝这里走来了

潘新安

一个女警朝这里走来了
略显肥大的作训服
衬出她，娇小、娉婷、妩媚
你眯缝起眼睛
这是秋日下午，四点半的阳光在她身后
依然扎眼

一个女警朝这里走来了
卖盆栽的女店主，愕然起身
之前，她正躬身
用湿毛巾，轻轻擦拭叶片上的灰尘
我正走到门口，傻傻地
抱着刚买的仙人球

一个女警朝这里走来了
腰间锃亮的手铐，一晃一晃走来了
帽子压着长长的鸭舌
看不清她的脸，不知道出了什么事
她朝这里走来了
长长的影子已经附上我的身体

野孩子的春天

管清志

我用力伏下身
接近那些苦菜、芨芨草、婆婆丁、灰灰菜
还有更多无名的青草
我浊重的呼吸碰落了一些
叶片上的露珠

在沟河，在障日山脚下
我的那些年幼的小伙伴
牛跑了、菜篮子倒了
对大人们的呼叫也
无动于衷
他们和我要比一比
谁先爬上远处那棵
高高挂着三个鸟窝的
老白杨

我就闭着眼睛跑啊跑啊
（我晚上做梦的时候也是不只一次这样跑）

后来我很少看见那些小伙伴了
那个放牛的牛牛已经三十多岁了
他牵着他的老牛
慢吞吞
经过沟河上面的浮桥

雨 水

吴梅英

"立春之后就是雨水,
然后,气候回暖……"

你说着,我努力吸口气
针就在这时扎进静脉
我没有直视,对于未知世界
浩瀚宇宙,复杂精妙的人体器官
我始终,心怀恐惧

漫天的雨落下来
我们紧贴房檐疾走
我的鞋子进水了,有些冷
就像掉进童年的河流,就像回到少年

如果提前知道人生
我会备好雨具再来……

黑　陶

谢　虹

子夏等明月再亮一些
我们摆上棋局在烈焰和黑暗中
在太阳到来之前
收集历代君王的坚定和喜悦
孤独和必然的波峰用黄河之水淘洗我
子夏带上你的卫河和桑叶
从龙山出发上袭仰韶下启殷商
邀神农作瓦水火既济
就让月光下熠熠生辉的麦子们发声
做我最后的歌者吧
如此我才会
泛青铜之光鸣美玉之声呈墨韵之美啊

裸 春

叶丽隽

冲澡后，不急着穿衣
在这个阳光明媚的房间里
一无牵挂地走动
翻书、喝茶、跷着脚小憩
看时光金黄的豹子
随午后的流逝，沿着大腿
慢慢爬上我的腹部
窗外，是片光秃的树林子
一根根赤裸的枝条
萌动着多少青葱的欲求
我知道对面的楼宇中
一定也有我这样
临窗的人
但我并没有感到丝毫的不安
我甚至打开了这空调间的窗户，让那
刮过每根枝条的风
也都刮到我的身上来
已经是三月。春天了，有什么
是不可以的呢

叶 子

闫秀娟

那是哪一天
我一件一件往出拧衣服
洗衣盆里不时有一片落叶

弟媳妇从医院回来
什么也没说
我直怕她说什么了
她站下看我一件一件
往出拧衣服
忽然我听她说
妈的癌转移了
声音轻轻的
好像说了又好像没说

洗衣盆里孤零零地漂一片叶子
我好像看到自己脸了
我什么也没说
胳膊支在大腿上
想把那件衣服拧得干干的
可怎么用力也拧不动

我什么也没说
还是想把衣服拧得干干的

拧下去的水滴滴答答
比眼泪还多
那片叶子是
最大的一颗

十年过去了
我还是没能从
那片叶子中走出来

哨 兵
——历史残片之六

扎西才让

屋子里,师嫂正袒露着半轮乳房哺育孩子,
她用余光安静地注视着你,那眼神温和又忧郁。

你目不斜视,但握着长枪的手心湿湿的,
高原的月光落在乡间小院,恰似不能追忆的往昔。

等她整理好了床铺,等她哄着了闹瞌睡的孩子,
等她吹熄了照亮过绿度母画像的煤油灯……

你这才完成了站哨的重任。你悄然离开了,
可是啊,她不曾看见你被风吹干的泪痕。

直到你在岷洮西战役中牺牲的那日,哦——
你的绿度母,她被一根小小的绣花针扎破了手指。

低 飞

张 毅

1960年秋天，故乡天空有一群鸟
它们趁着夜色往西北方向远行
姑姑，多年后
我终于听到你内心的鸣叫

姑姑是我们家的美人。那个秋天
姑姑坐上西去的火车
车厢里，她的视线逐渐模糊
那些年，祖父不停地抽烟
祖母在油灯下听我读信
那是姑姑几千公里之外的来信

姑姑有一年回来，带着几个土豆
和一身寒气。她的六个儿子是一群饿狼
我家的米迅速减少。母亲把菜板剁得山响
我看到姑姑的眼睛像一家破产的银行
她取出一个手镯对母亲说：
三妹，去换一些粮食吧

手镯是银质的，在木桌上发出
隐隐的响声，像月光落进草丛
我1967年去过兰州，火车朝西北方向行驶
太阳和月亮在车窗外交替着

姑姑晚年是孤独的
她常常说起家乡的一个草垛
一条街和一些陌生的人名

我多次梦见过一只鸟。它的翅膀被风折断
落在我家的屋顶上，翎羽闪烁
我无法说出那场风暴来自何处
就像我不能确定一个人的命运

离开时,我忘记了关闭这首单曲

张静雯

女人弹着吉他,将同一支歌
反复吟唱了两个多小时
耳机垂落在地
无人听到
她一直在唱,一直
她到底唱给了谁
她的声音震动着空气,如泣如诉
却无人听到

在声音中我们触摸到彼此
一只手在浓雾中,看不到
另一只手,却接收到了
对方的温度
我们完全陌生却长久拥抱,紧紧地
因为别无选择

在一年中白昼最短的黄昏
我等待的夜就要来临
大地和天空一样广袤
没有树也没有星辰

看到第几条你哭了

阿　华

你问我过得好不好，我说我很好

"什么是很好？"

就是风筝和蝴蝶都有去向，一切
都有了新希望
就是我开始认真生活，准备去找
你藏起来的糖果

"你看，我过得很好呢"

我把喜欢的歌，听了又听
我把走失的你，想了又想

秋天的叶和果，都走在归仓的
路上，一只蚂蚁告诉我
——爱以不同的方式存在，并不是
每一种都放了糖

在吾乡，雨是寻常事

安 琪

我见过少年的雨
在我和妹妹共用的一把黄色帆布伞上
跳来跳去，跳来跳去
泥泞的小坑头泥巴路，泥土吱吱
从我们的脚缝里挤出
穷人的孩子
舍不得在雨中穿鞋
四只脚掌噼啪作响
四只白嫩的脚掌，在小坑头泥泞的
泥巴路上噼啪作响。泥土吱吱
从她们的脚缝里挤出
雨水中的姐妹俩
雨水中的四只手，你争我抢，一把伞
遮不住两个人
那少年的雨还在小坑头
那少年的雨还在寻找那把黄色帆布伞
那少年的雨不知道
姐妹俩已被时间推出少年，推入青年
推到中年，她们还将被时间推进老年
最终她们，将要被时间，推出时间——

那少年的雨不知道

有时不是我在写诗

白　玛

不是我，不是我，是故乡那个游走四方的说唱艺人
指挥我写。是从前的小河，从前的香椿树写的
是号令第一声鸡啼的清晨之神写的
是那个脸颊涂着爱情胭脂的女子写的
是赶往乡村集市的一只心事重重的山羊写的
午夜赤脚走在临海小镇石板路上的海妖
也许就是她写的。是久藏的痛楚和掩不住的欢欣
借我之手写的。是你明明爱我，却不说，故意让我写的

我把爱情用完了

川 美

我把爱情用完了
正如我把银子用完了
偏偏,银子还剩些
正如日子还剩些
而一枚银币怎换得一枚银月亮?

我把爱情用完了
像小时候,我把糖吃完了
眼巴巴地看着别人舌尖儿上的甜

我把爱情用完了
两手空空,看别人爱
有时低头,像悔过之人
检讨从前大手大脚
检讨——曾经富有而不懂俭省

我把爱情用完了
无事可做。待在屋里画玫瑰
我怕出门遇见你,怕你提起从前的旧债

时间上的螺丝

高建刚

从停止的手表上，取下一颗微小的
镀金螺丝，微小到不能失手

在其腹部嵌入鹤眼似的动力时
螺丝突然从存放它的白纸上消失

沙发、地毯、茶几……所有的缝隙
放大镜的世界
磁铁的世界
轰鸣的吸尘器打乱世界

在亿万的灰尘中
发现了爱人失踪多年的一颗绿宝石
曾让母亲担心伤人的缝衣针
去世已久的父亲领工资的刻印
孩子儿时的彩色玻璃球
男人女人的毛发
葵花籽、红豆、蟋蟀……

我握住停止的时间
望着窗外广袤的大海
一颗微小的镀金螺丝伴着明月
从海平线上升起

冷西之夜

高鹏程

从冷西小栈出来
车子拐弯时,忽然看见了远处的灯火
我熄了车,点燃了一支烟
远远地望了很久
温暖、金黄的光亮,让我
微微空白的大脑里,闪出了几个词
乡关,驿站,歌哭
是的,歌哭。作为一个久居异乡的人,这些年
我已习惯摸黑赶路,穿行在
岭头暮雪和陌上轻尘之间
不再轻易为光亮的事物驻留,也不轻易揿亮
体内的灯火
而今晚,在冷西,一幢孤零零的乡村小屋窗口
泼出的灯火,却让我有了无言的感动
如果此刻,在另一处观望
你会看到,漆黑夜色里的两处火光
一处明亮、金黄
另一处微弱、闪烁,却始终不肯被黑夜吞没

胡杨树下

胡　杨

艾琳娜站在胡杨树下
领着她的两个孩子和一只小狗

他们站了很久
吹过他们的风
吹到了很远的地方
可能吹到了艾柏尔挖金子的地方

高高的胡杨树
飞出两只乌鸦
嘎嘎嘎的叫声
也飞出去很远

这些，艾柏尔都应该听到啊

艾琳娜和两个孩子和狗
站了很久
这些，艾柏尔都应该看到啊
天说黑就黑了

糖　街

　　黑　枣

　　蓝花楹花开时
　　一个外地的朋友拍了照片
　　发给我。我才知道
　　原来这株多年来被熟视无睹的
　　老树也能开出如此新鲜的花来

　　在那条疾走五步就过的桥头
　　在民主路
　　我还是更喜欢叫它：糖街。
　　好像整条街都是糖做的
　　好像整条街都能抓到糖吃
　　我姑婆就住在那里
　　我们班泼辣的女同学就住在那里
　　文苑书店、文圃书店就在那里
　　良友装潢广告店就在那里……

　　在民主路
　　有全镇最大的百货大楼
　　我常常去表姨上班的书柜前
　　看免费的图书
　　她送给我的《希腊神话故事》
　　送给我好多位善良的神……

蓝花楹花开时
我故意跑去看了一看
小桥下无数细细的小鱼
把零落的花瓣重新拼在了一起……

主控楼

龙小龙

每一座制造工厂
必然有一幢建筑叫主控楼
就像每一个鲜活的人体
都有一颗大脑,有丰富的神经中枢系统

四平八稳的楼体看不出与众不同
进入它体内,你会看见一座被抽象的艺术工厂

那些工段、车间和岗位
那些在铁与铁之间来回的工人
历历在目

所有的管道、塔釜、阀门和仪器仪表
幻化成了形式各异的国际符号
每一个字母和数字,都有特定的象征和隐喻
阡陌纵横的经脉流淌着神奇的介质
就像大地江河
流淌着有形无形的白云清风

我们可以不懂它们的运行法则
但可以清晰地感受到
一座钢铁水泥铸造的庞然大物是如此的可爱
均匀的呼吸,有节律的心跳

侧身而过

老 井

"王长兵。"下井前开会
班长点了一个人的名字
但无人答到,我扭头望去
身旁的座位上空无一人
"王长兵!"班长又一次点了他的名字
会议室内一片哗然
点名簿投过来干净的白眼
有人已经开始用着火的目光
去推搡茫然失措的组长
"对,昨天夜里在井下
出了一次冒顶事故,他已经……
不好意思,我……"班长揉揉眼
用针尖一样细小的声音说:
"我还以为现在还是前天!"

散会了,人们去下井
大家在经过那个空荡的座位时都侧着身子
有的人怕碰到了那在椅子上
正襟危坐的躯体
有的人怕看见那椅子悲痛欲绝的表情

偶遇南京

李 南

没有泥浆的街道
晚秋的蔷薇还未枯败
中山陵游人稀少
大屠杀纪念馆抑郁难耐……
在六朝古都
我的心事太沉重,思想又太苍白。
直到你适时地出现
一道强光照彻了我的幽暗。
我们聊天,说起家乡和近况
说起蓝色大海和可爱的朋友
我有陈酒,但我们没喝
我新谱的曲子,也没有人会唱
这也足够了——空气中有蜜
灵魂得到了最高奖赏!
唉,美好的事物总有缺憾
十一月追赶着十二月。
可是……世上有一种不期而遇的相见
还有一种不说再见的道别。

皇山送别

李 琦

零下 25 度,手中的黄菊花
几秒钟便被冻住,瞬间定型
露出冷这个字凛然的语义

皇山墓地,银坊区
我朋友最后的栖居之地

去国多年,经历坎坷
像一部悬念迭出的电影
这次,主角变成了骨灰
被儿子携带回来

儿子真像你啊,高大,魁梧
脸庞的轮廓,显示着基因
他抱着父亲的骨灰,让我想起
他小时候,你抱着他的样子

孩子一一拥抱了我们
他忽然哽咽:我知道了
爸爸为什么要回来

破碎的婚姻,异国他乡
各种猝然的打击,经历跌宕

一个被命运驱赶、不断搬家的人
每一处住址都暗藏伤痕

这一次,你的地址再不变动了
爱恨情仇,都烟消云散
你说过,除了生死,都是小事
如今,两件大事,你都业已完成

想起三十年前,也是冬天
哈尔滨的雪地里,你张开手臂
自行车上大炫车技
满头霜花,那神采飞扬的样子

至此,一切将转化为静止
那些吃过的苦,那些咬碎的日子
都变成雪花了,优美而舒缓地
飘落在故乡的冬天

你在遗像上看着我们,鹏仁
这一群人里,只有你,在微笑

一群狮子在仰望星空

雷平阳

人们刚刚开始登山,一群狮子
已经在山顶上仰望星空
旁观者总是说:"表象泄露内心的秘密!"
但你看不出它们是在数数,还是接受
神启,抑或纯粹只是为了享受
在山顶静坐一夜的趣味
星光之下,它们的坐姿庄严而优雅
眼神秋水般清澈,看见一闪而过的
流星,也会低头沉思,也会用
金毛纷披的头颅彼此爱抚,互致安慰
像一群金刚恢复了肉身
客观地说,一群狮子在山顶上仰望星空
远比一群人在山顶望着星空出神
场面更协调,意境更唯美,也更能彰显
我们天人合一的思想
如果这群狮子已经抛弃了丛林哲学
仰望星空时,还会满怀善意
俯首于万家灯火并发出阵阵哀鸣,今夜
请不要再把它们想象为雕塑,也请放弃那些
关于它们的隐喻与象征。我们已经受够了
类比、株连、伐异和人本主义中
真正的野兽,群山安详,星汉神秘而又澄明
自由、洁净的清风令人心无恶意

登山的人们，我愿你们到达山顶之后
一点也不慌张，内心宽容
让这群狮子静静地仰望星空
不管它们是在清数天上的人头
还是在与神灵对峙，哪怕它们从未向善
真的只是在等待上山仰望星空的你们
也请不要开枪猎杀，不要联想到
自己的死亡。人世陷入恶循环
就因为我们总是说："狮子的星空，消失已久……"
我们一直在仰望，却杀心太重
今夜，我的诗稿中，每个字都借用了星宿
的光，在自焚，也在凝视着一切
愿登山的人手无寸铁，愿狮子长出人心
坐在山顶上，像重归于好的仇人
一起抬头望着星空，直到黎明降临

秋天的栗树林

路 也

走在不知名的山谷,不知名的溪水流过身旁
大地正露出倦怠的面容
抬头望向山冈,望见秋天的栗树林
天空是巨大的平静,悬在栗树林上方
阳光安详,含有细细的砂糖

栗树林在山冈之上
挺立之姿已无法超越自己的斑斓
那整编待命的悲怆

风吹过栗树林的头顶
一只黑翅鸢趁机急速滑翔
当吹到尽头,变成一声徒劳的叹惋
风里有离别,有遥远,有永逝和遗忘

壑谷里弥漫着撤退的气息
这世上一切都不属于我
除了四通八达的天空,没有谁会写信来
爱过的人在病中,彼此不见已有三年
抬头望去,云散淡,心空旷,栗树林在山冈

湛蓝的天空

孟醒石

小时候，我听过自己的声音
没有录音机，就弯腰趴在水缸沿儿上喊话
高高胖胖的水缸肚子，像个大喇叭
使我的声音变粗，瓮声瓮气，像个大人物
如今人近中年，身体如同大水缸
在录音机里，我听自己的声音
感觉非常陌生，那是我吗？
沙哑、黏滞、哆嗦、口吃……
说出的话，跟心中想表达的意思差之千里
这声音在宽敞的会议室、演播大厅里飘荡
也发出水缸般瓮声瓮气的回声
水面却未映出纯真的笑脸和湛蓝的天空

希望他渡过厄难

潘洗尘

十几年前
一个手下的员工
骗走了几十万后
杳无音信

这些年
我无数次路过
他的家乡
都没有试图去找他

其实我心里还是一直希望
他能来找我
如果他来还钱
我就知道
他已渡过了生活的厄难
如果他只是来说声对不起
那也说明他至少渡过了
心理的厄难

我喜欢看你入睡

荣　荣

我喜欢看你入睡看你一点一点远离
你的柔情在嗓子里卡着蜜意又有什么关系
你进入的时空不再有我又有什么关系

像一艘船浅浅地靠往亲爱的水边
我是沉浸的月色我是凌晨一点
我就在你身边这真的很美
你不再关心我的存在又有什么关系
那一会儿你需要入睡你不需要我
又有什么关系

缺少睡眠的孩子找到久违的家
我愿意看着你躲开忽远忽近的嘈杂
穿过睡眠的门廊客厅进入卧房
我愿意你安静下来
那一会儿我是多余的又有什么关系

又有什么关系等你醒来
等你一点一点回转我们又重逢了
瞧　良辰与美景就在一步开外
走心走肺的情意会多么坦荡

指 纹

王二冬

九根手指都试过后,他蹲在地上
抽泣起来:会计说他没有指纹
无法取走这一年的运费
他盯着自己磨钝的手指
像一块砖,被死死地按在那里

砖上有他的指纹,可砖已成高楼
新迁的户口簿上,没有他的名字
麦粒上有他的指纹,可麦粒已成面粉
放学的孩子没有一个跟他相识
妻子的眼角有他的指纹,可岁月
早已将其掩盖,墓碑上只有风的痕迹

想到这里,他奔向烧砖的火炉
里面有他的一根手指,每一把泥土中
都有他的指纹,可除了火焰
没有一个人见过他疼痛欲炸的脸
火焰吐出的莲花属于城市,属于他的
只有灰烬,灰烬没有指纹
风一吹,这里不曾有谁来过

他把车停在东河西营村口
拉着哑巴娘走进夜的深处,哑巴娘
手上有他的指纹,可她说不出口

与女儿书

吴开展

女儿,这世间的许多甜
我都替你尝过了;这世间的许多苦
我也替你吃过了。现在,我要把生活
原汁原味地递给你——

尝到了甜头,你就笑笑;吃到了苦头
你就吐吐舌头!没什么大不了
一个人,一生
总共也渡过不了几条河
如果你在甜里
吃到了苦,或是在苦里
品到了甜,女儿,不用告诉我
你的感觉我都有过,生活的滋味
原本就这么多

女儿,你是我的生,我的命
你的父亲一生也没学会偷偷飞翔
你是我和一个好女人变成的另一只
蝴蝶,希望你永远保持飞翔的姿势
愿意怎么飞就怎么飞
我们将暗中跟踪你,走遍天空土地
女儿呀,请记住
你应该永远像我的遗憾
一样美

圣 物

张二棍

多年前,也是这样骤雨初歇的黄昏
我曾在草丛中,捡拾过一枚遗落的龙鳞
我记得,它闪烁着金光,神圣又迷人
它有锋利的边缘,奇异的花纹
我闻到了,它不可说的气息
我摩挲着它。从手指,一阵阵传来
直抵心头的那种战栗。我知道,我还不配
把它带回人间。甚至此时,我都不配向你们
述说,我曾捡拾过一枚怎样的圣物
我又怎样慎重地,将它放回草丛。我目睹
一队浩荡的蚂蚁,用最隆重的仪式
托举着这如梦之物,消失了

群山怎样隐没在星群之中

赵亚东

在太行山中，我把腕上的手表扔进悬崖
一点回声也没有。时间，有时也如此懦弱
粉身碎骨时，来不及为自己辩解

刀光剑影，朝代更迭，群山移步换形
我们刚刚经过的山峰转瞬间就消失了踪影
月亮缓缓升起，不屑于我们苍白的面孔

唯有山下的一户人家，两个老人，凝神静坐
千年的轮回悉数写进他们额头的皱纹
我们深谙人世全部的秘密，却抵不过他们

轻轻合上的眼睑，手指微微一动
群山就隐没在浩渺的星群之中

哥特兰岛的黄昏

蓝 蓝

"啊!一切都完美无缺!"
我在草地坐下,辛酸如脚下的潮水
涌进眼眶。

远处是年迈的波浪,近处是年轻的波浪。
海鸥站在礁石上就像
脚下是教堂的尖顶。
当它们在暮色里消失,星星便出现在
我们的头顶。

什么都不缺:
微风,草地,夕阳和大海。
什么都不缺:
和平与富足,宁静和教堂的晚钟。

"完美"即是拒绝。当我震惊于
没有父母、孩子和亲人
没有往常我家楼下杂乱的街道
在身边——这样不洁的幸福
扩大了我视力的阴影……

仿佛是无意的羞辱——
对于你,波罗的海圆满而坚硬的落日

我是个外人，一个来自中国
内心阴郁的陌生人。

哥特兰的黄昏把一切都变成噩梦。
是的，没有比这更寒冷的风景。

注：哥特兰岛，位于瑞典南部，波罗的海最大的岛屿，以风景优美著称。

邻　居

崔宝珠

黄昏时，我左边的新邻居搬走了
我没来得及认识他们
透过白墙看到隔壁空空的房间
一丛丛蜀葵正在虚白中飞快地生长开花
有一朵从窗子里探出头来
仿佛热情、妩媚的女主人
她的笑脸使我的梦变得温暖
时令已近小雪，我右边的邻居
在院子里劈柴，他汗湿的脸热气腾腾
我亦从未拜访过住在我后边的邻居
我想象她在深夜里像我一样
铺开稿纸，写下诗句
我坐在小房间里勾画我
周围的邻居，也许隔了万水千山
他们模糊的脸上有明亮、亲切的眼睛
不久，一场大雪将降下
掩埋你我之间的路径
我们都是拿孤独提炼钻石的人
当尘世上所有的灯都熄灭
世界黑暗，这些钻石将上升
变成星星
正是我们共有的孤独构成了星空的完整

北 方

马 累

小时候，我和弟弟
经常爬到屋顶上，眺望
远处的田野。当我们累了，
夕阳就会从平原的尽头
射出巨大的光束，
像祖父晚年的目光，
穿过寂静的林子。
我看见那些光散开以后，
流淌在大地上，
我们浑身彤红，像两块石头。
我多么庆幸能够在
血液一样的红色中待上那么长时间，
直到月亮升起来，蟋蟀
叫成一片。
我不是一只蟋蟀，
但我听见它叫出了人世之美。

蒋乌家的梅花鹿

康 雪

1

"夜风一吹,我到你的距离
是阴转小雨。"
蒋乌不会和我说情话。就连情诗
也不沾一个爱字。但我有时候
也会甜蜜得
发慌。流泪。长犄角。我总想着下一个月
该有一年那么长
这样离永远,可能靠谱点

2

这是我搬到 21 楼后,看见的
第一场雨
在阳台上拍了照片,风大得很
要是换作别人,定被吹走了
这让我突然恐惧
有天蒋乌会像只风筝。被挂在树上

3

蒋乌说师傅的妻子出车祸死了

那么好端端的一个人,说没就没了
这要如何安慰

我说不出话,只看着死去的女人
隔着丈夫。丧妻的男人隔着蒋乌
蒋乌隔着我

我离悲伤太远了。可是一想到生死
只隔着,这落叶般的说与听
我就抓紧了蒋乌的手

小营门 42 号

邓朝晖

那一年，我五岁
小营门的春天比往年的晚
碧绿棉袄比不过柳枝的妖娆
我披头散发，重重房间是一个偌大的宫殿
门口的杂货铺子顺水而下到过常德码头
爹的咳嗽一声紧过一声
姐姐担水洗红心萝卜，蓝水漂的花布
日子是院墙外的青石板
濡湿而温和
爹不曾打过我，娘也没有

我不记得爹什么时候走的
什么时候有了一个穿军装的继父
娘带着我在山路上转啊
我吐尽了肚子里所有的食物
也没有倒出远方的命运
山是青蓝
和手里的包袱一样

我把姐姐留在四合院
灰色的屋檐下只有一个斜斜的日影
雨滴从天井落下，被瓦缸接住
被外婆的小脚接住

我在翻山越岭时她在挑一担孤独的河水
我坐在两个人的航船上她在看淡蓝色的门楣

我开始哭泣
当那个短发妇人揽过我的头
尝试像母亲一样温暖我
我预感命运将会从此折弯
走向另一个未知的巷口
从此我学会了乖巧
门口的指甲花开得永远那么喜气
多像一个没心没肺的人

凌晨三点的歌谣

邰 筐

谁这时还没睡,就不要睡了。
天很快就要明了。
你可以到外面走一走,难得的好空气,
你可以比平时多吸一些。
你顺着平安路朝东走吧。
你最先遇到的人,是几个勤劳的人。
他们对着几片落叶挥舞着大扫帚,
他们一锨一锨清理着路边的垃圾,
他们哼着歌儿向前走,
他们与这座城市的肮脏誓不两立。
你接着还会遇到一个诗人。
他踱着步子,像一个赫赫帝王。
他刚刚完成一首惊世之作,
十年后将被选入一个国家的课本,
三十年后将被译成外文,引起纽约纸贵,
六十年后将被刻上他自己的墓碑⋯⋯
现在的诗人在黑暗中向前走着,在冥想中慢慢回味。
后面跟上来一群女人,她们是凯旋歌厅收工的小姐,
你在和她们擦肩而过的瞬间,
会听到她们的几声呵欠,
会看到一张张因熬夜而苍白模糊的脸。
你接着朝东走,就会走到沂蒙路口。
路北的沂州糁馆早就开门了,

小伙计已在门前摆好了桌子、板凳，
熬糁的老师傅，正向糁锅里撒着生姜和胡椒面。
他们最后都要在一张餐桌上碰面：
一个诗人、几个环卫工人、一群歌厅小姐，
像一家人，围着一张桌子吃早餐。
小姐们旁若无人地计算着夜间的收入，
其间，某个小姐递给诗人一个微笑，
递给环卫工一张餐巾。
这一和睦场景持续了大约十五分钟，
然后各付各钱，各自走散。
只剩下一桌子空碗，陷入了黎明前最后的黑暗。

冈什卡雪山

夕 夏

下车的时候,遇见一位藏区孩子
她的衣袖沾了几根羊毛,正和几只羊羔追逐

我们走近,脸上两块羞涩的高原红顿时
更加敏感,有些害怕生人
一个藏族老妇人从毡房出来
我们走进房子借宿,刚刚那个
害羞的女孩搬来几个凳子

风吼着冈什卡雪山的雪,夹杂了草原的清香
外面还有过冬的羊羔,它们在雪里依偎生长

这个时刻,天空出现星辰
平静如风吹草地,雪落群山
把崇敬俯向大地
把春天关在茫茫原野

味　气

闫秀娟

就那么个土房子
就那么个年轻女老师
就那么几个年级
几个学生

老师背着个孩子摊玉米饼饼
把他们几个光身身的孩子
站在门上爱的
老师把饼饼夹成几半
分开来给他们吃了
他们走了一阵儿
还能闻见那个味气了
原弯回来站门上了
老师又给他们分开来吃了

拉骆驼的人说
几十年过去了
还记得那是他吃过的
最香最香的东西
就是那个味气
让他记住了那个老师
他还记得那个老师叫李维俊

那个人像是回到了过去
一个人慢慢说
李老师
啊啊,李老师
他还不知道我就是
李老师当年背上背的
那个孩子

母亲，或者遗物

林东林

十点起，照例去小店过早
照例一碗热干面

旁边，已经坐了两个老太
一左一右，边吃边聊

一个说，儿子刚移民加拿大
另一个说，儿子英国毕业
在北京8年，前些年去了澳洲

边说边拿出手机，划拉照片
同时口中念念有词：
这是歌剧院，音乐厅，唐人街

我不如她们的儿子这般出息
远渡重洋，成了洋人
我只是从农村来到了城市

但我的母亲与她们倒有一比
年龄相仿，口气相似
谈起我时必满脸幸福，且左顾右盼

仿佛，只有在谈论之中
她才拥有一个确定无疑的儿子

坏小孩

薛依依

永远都不知道下一秒会写出什么
波罗奢花顶着骄傲的王冠朝我大笑
给你机会　要坦露裙袍的破洞
让食物腐烂于厨房的窗前
让音符戛然而止于琴键

是我　戳碎镜中之花　赞美疼痛的根源
率真地玩着禁锢的游戏
朝太阳扔进汪洋的大海
小心地对着贝壳坦露真言
它接受我成为一个坏小孩

月光碎

邵纯生

醉酒归来,踩着松软的空气
街上路灯昏暗,过客不多
碎了一地的月光无人捡拾

凉意如水,流入我肥大的衣领和袖口
这些上天娇宠的孩子,先是
掏我腋窝,继而抚弄胸毛
酒精泡软了我的膝盖骨
我不敢躲闪和逃离,否则
日渐加重的白霜就会淹没我的真身

谁能借我一把扫帚
让我收起这满地的碎银
用来换一壶酒,和几张信手涂鸦的草纸

我不知道将要带走的是钱币还是垃圾?
这么做是不是有点犯贱和自私

在我借酒瞎想的时候,人们陆续入睡
窗灯和街灯一盏接一盏熄灭
只剩下天上为我点燃的月亮
还在冒着迷茫的烟火

散　漫

颜梅玖

我已经是第三次读卡佛了
"我不喜欢这个家伙，他太散漫了"
你丝毫也不掩饰对他的不屑
可是，我完全被其迷住了
他也失去了父亲。尤其谈到父亲
我就觉得老卡是个好男人
至于散漫，怎么说呢
前天傍晚，我脸色苍白地走过
人民医院，走过
灵桥路，天封塔，走过城隍庙
走过啊一个又一个公交站，地铁口……
我紧握着衣兜里的各种化验单
雨完全弄湿了我的大衣
我的褐色头发。那时候
我几乎不知道我要去哪儿
但是看起来我无拘无束
我走路的样子，我潦草的样子
也可以叫作散漫

天暗下来

熊 曼

溪边担水的少妇,眼睛越来越亮
她要赶在天黑之前,浇完坡地上的红薯

扁担被她从左肩挪到右肩
水花溅出来,淋湿了夜晚的睫毛

她的小女儿坐在地边,一遍遍唤着妈妈——
她应答着。除了声音,她没有更好的安慰

山风吹拂着,送来木柴燃烧的香气
她加快脚步,在更深的黑暗到来之前

钓 鱼
——给卡佛

舒丹丹

最好是深秋，十月的天空
清空了多余的云
穆尔斯河水涨起来了，鲑鱼肥美
我曾不只一次想象过这样的情景
你穿着长靴，扛一根钓鱼竿
走向丰沛的河流上游
而我走在你的身后
那轻轻掸过你脚跟的秋天的衰草
也掸在我的腿上

我愿意为你拎一只小桶
桶里装着鱼漂和褐色的钓饵
我不会忘记带上你喜欢的里丁酱油
鲜美的银鲑，只需用松枝点燃的野火
稍稍炙烤，配上酱油和自家的小土豆
就是至味：最好的东西都是朴素
而天真的，你说，和写诗一样

秋风拂过，我们并排坐在河岸上
有时各自回忆着什么，有时
什么也不说——我们深知
无法钓起任何一条过往之鱼

也不能期待流向未来的河水
为我们分秒停留。我们只是凝视着
河水深处,等待一条莫须有的鲑鱼
从时间之河此刻的漩涡中高高跃起……

夜是一匹幽蓝的马

谈雅丽

姨妈老得厉害，妈妈看见她七十多岁的姐姐
说话含糊，走路蹒跚，头发银白
并不像前些年，她俩在院子里斗气
说狠话，她一甩手从此一去不回

后来十年，她们没有一个电话，没有见面
湛江、常德，距离使她们决定相互忘记

当姨妈从火车上下来，看见她妹妹就哭了
随身的箱子里装着姨父的骨灰

也许是她携带的死亡使亲人获得了和解
她俩在夜色中手拉手地哭泣
不再为过去斤斤计较——

站台一座低矮平房，房边种着青翠的蔬菜
清冷的光线流了一地
使那天的我恍惚觉得，夜是一匹幽蓝的马

槐　花

离　离

十几年前
我的父亲和母亲
来城里看病
黄昏时，我在小旅馆的门口
一家一家地找
直到门前有棵槐树的那一家
门开了
槐树的叶子很茂盛
几乎完全罩住了
瓦片和门楣
那些叶子，也罩住了
我的母亲藏着病灶的身体

他们就在叶子后面
推门出来
面前是
槐花一样盛开的
他们正上高中的女儿

松诺的困惑

阿 华

三岁的松诺,问五岁的巴甘

葡萄是从哪来的?
它们为什么甜?它们一粒挨着一粒
像不像幸福的一家人?

四岁的松诺,问六岁的巴甘

蝴蝶是什么变的?夜晚
它们睡在哪儿?下雨了,翅膀会不会淋湿?
还有,那个驼背的甲壳虫,能不能找到自己的家?

深秋的庄稼们,都要回到粮仓了
玉米,高粱,大豆
从地里,被亲人们一趟趟搬回了院落

五岁的松诺,问七岁的巴甘

我们种下了玉米,地里就长出了玉米
我们种下了大豆,地里就长出了大豆

可是为什么?我们把妈妈种在地里了
地里却长不出妈妈来?

巴甘强忍着,像外面那棵不哭出声的大树

七岁的巴甘,还不懂得告诉五岁的松诺:
很多的植物和昆虫,过完秋天就死了
我们第二年见到的,再也不是从前的那一个

外省亲戚

灯　灯

他敲门的声音,像一树炸开的石榴
风声扑面而来,年轻的,带着乡间的泥土味。
一个硕大的白色编织袋,开始在他的肩上,现在
它站在地板上,里面装满了花生,和那些
来不及褪泥的土豆
在夏天的客厅里,空调在响
他一直站着,一直冒汗
他的手不知道往哪儿放

他叫我小婶子
他让我红着脸,想起了我的身份。

悖 论

吉　尔

说到我，请说到文本
说到刻薄的词，命运，像雪片一样飞舞的星空

说到我，请叫我的名字。如果你愿意
就叫我诗人，而不是
女诗人

我爱这暴烈的阳光，悲凉的人世
我爱这坦荡的大地
我爱过浑浊的河水和不分黑白的涛声
我爱过词语，如鲁莽的少年

"这世界的、地域的、河山的、民族的、命运的……"
这美妙的统治
我坠入诗人的悖论
如果非要把我和现实连在一起
有些，是难以启齿的

哦！请不要怜悯我，不要说到性别，孤独
关于我
一个主妇，一位母亲……
一个与词语纠缠不清的人
须把笔削得越来越尖，把有些字写出血来
把有些词攥进命里

时 光

冉启成

时光流逝
像一粒粒尘埃
你仔细看它时
并没有看出究竟

有一天你突然发现
办公桌上
已有厚厚的一层

几十年的光景
可能会被一阵风吹散
一场梦可能
要用一生做完
有些事也许需要
一直干到白了头

你看见案头上
一张用过的白纸

墨迹点点　满纸空文
多像是我们潦草的一生

去月亮度假

李田田

周五的晚上,我检查晚自习
我穿着汉服,右手拿了把古典团扇
遮掩长痘痘的下巴

李军问:"老师,你要去哪里?"
刘香指着扇子:"为什么画三片银杏叶呢?"
他们已不只一次怀疑我是个会魔法的老师

我说:"人间有妖魔鬼怪,不好玩
我准备去月亮度假啦。"
顿时,教室沸腾了
"老师,带上我,我也想去。"
他们齐刷刷地举手,像与嫦娥在打招呼

秋 阳

剑 男

秋天来了,屋顶南瓜长不动了,在屋顶
趴了下来,昆虫在动用私刑
把冬瓜叶咬成网状,露出它肥硕的身体
我无所事事陪母亲在屋前晒太阳
云朵在天空游走,母亲养的槐鸭在池塘
伸出天鹅一样的颈脖。很多年
我一直在故乡来去匆匆,好像从来没有
像今天这样奢侈享受过秋日的阳光
我想这对母亲同样是奢侈的
一只七星瓢虫从脚前的南瓜叶上飞起来
我才发现它也有翅膀,阳光照着
母亲头顶的白发,也照着我发白的双鬓
坐着坐着母亲就睡着了
嘴角还留着安详而满足的笑容
阳光静静地覆在她身上,像一支摇篮曲

飞过天空的鸟

金铃子

飞过天空的鸟多么像此时的我
在文字中,打开
虚拟的翅膀,在假想中高高地飞

飞过天空的鸟
似乎有点糊涂,它未曾看清我为什么想飞
它也不知道,是谁

将我的思想按在纸上,像按住
一对翅膀

飞过天空的鸟此时多么不像我
它在飞。而我不能

后 记

《诗探索》创刊40年,编辑刊物总155辑,以多种形式发表诗歌作品近万首。作品卷创刊后,更多的诗人作品研究和原创作品出现在刊物上。这些进入诗歌理论研究范围的诗歌作品,都具有一定的文学与文化价值,如何从中选出一本符合《诗探索》审美基本原则和方向的诗选,的确需要费一番功夫。

我们阅读了所有的刊物,经过多轮比较和淘洗,最终保留了这些作品。它们角度不同,写作方式不同,但都具有审美趣味上的独特性。我们相信它们会给读者和研究者提供一本很好的学习与研究资料。

本想选一本涵盖40年的选本,因刊物本身研究内容的时间跨度较长,很难有一个相对统一的审美标准。因早期理论卷发表作品的有限性,各个不同时期的一些代表作并未收入刊物中。如果残缺不全地选定,一定会影响本书的质地,我们最后确定从《诗探索》作品卷的创刊开始选择作品。这决定了它是一本21世纪中国诗歌的优秀作品集。

最终选定的作品和诗人的排列顺序,是按照作品在本刊发表的前后顺序排列的。重复入选的诗人也是按照作品在本刊发表的时间前后排列的。

我们相信这是新世纪20年来《诗探索》发表的优秀诗歌作品的集合,我们希望它是一本在当下中国诗坛有一定代表性的优秀诗歌作品选本。

请所有的诗人、读者、研究者和关注者批评并多多交流。谢谢。

编　者

2020年7月